O livro do
CESÁRIO VERDE

Cesário Verde

O livro do
CESÁRIO VERDE

Edição e notas de Sergio Faraco

www.lpm.com.br
L&PM POCKET

Coleção **L&PM** POCKET, vol. 303

Primeira edição na Coleção **L&PM** POCKET: agosto de 2003
Esta reimpressão: janeiro de 2008

Edição e notas: Sergio Faraco
Capa: Ivan Pinheiro Machado
Foto da capa: Ivan Pinheiro Machado (Lisboa, 2002)
Revisão: Jó Saldanha

ISBN 978-85-254-1234-8

```
C4211   Cesário Verde, José Joaquim, 1855-1886.
            O livro do Cesário Verde/ José Joaquim Cesário Verde.
        Porto Alegre; L&PM, 2008.
            120 p. ;  18 cm. – (Coleção L&PM Pocket)

            1.Ficção portuguesa-poesias.2.Verde, José Joaquim
        Cesário, 1855-1886. I.Título. II.Série.

                                            CDD 861
                                            CDU 869-1
```

Catalogação elaborada por Izabel A. Merlo, CRB 10/329.

© L&PM Editores, 2003

Todos os direitos desta edição reservados a L&PM Editores
Rua Comendador Coruja 314, loja 9 – Floresta – 90.220-180
Porto Alegre – RS – Brasil / Fone: 51.3225.5777 – Fax: 51.3221-5380

Pedidos & Depto. Comercial: vendas@lpm.com.br
Fale conosco: info@lpm.com.br
www.lpm.com.br

Impresso no Brasil
Verão de 2008

Sumário

Nota do Editor / 7

1. Crise romanesca
Deslumbramentos / 13
Setentrional / 15
Meridional / 18
Ironias do desgosto / 21
Humilhações / 23
Responso / 25

2. Naturais
Contrariedades / 31
A débil/ 35
Num bairro moderno / 38
Cristalizações / 43
Noites gélidas / 48
Sardenta / 49
Flores velhas / 50
Noite fechada / 55
Manhãs brumosas / 60
Frígida / 62
De verão / 65
O sentimento dum ocidental / 70

De tarde / 79
Em petiz / 80
Nós / 87
Provincianas / 113

Nota do Editor

Nasce Cesário Verde em Lisboa, a 25 de fevereiro de 1855, filho de um lavoureiro e comerciante, dono de uma loja de ferragens. Trabalha nos estabelecimentos do pai até matricular-se no curso de Letras da Universidade de Coimbra, que freqüenta por escassos meses. Na mesma época (1873), começa a publicar suas poesias em jornais lisboetas, como o *Diário de Notícias*, o *Diário da Tarde* e o *Ocidente*. Pouco mais tarde lhe aparecem os primeiros sintomas da tuberculose. Volta a ocupar-se dos negócios do pai e, em 1884, enfraquecido pela doença, passa a viver no campo. Em 1885 visita Paris e no ano seguinte, a 19 de julho, falece em Lisboa. Seus poemas são reunidos e publicados em abril de 1887, pelo seu dileto amigo Silva Pinto.

Cesário é o poeta de Lisboa e da vida rural periférica, cantadas em sua pequena obra com irretocável lucidez, sensibilidade e beleza. A crítica literária coeva estranhou a originalidade de sua poesia e fingiu ignorá-lo, levando-o, em agosto de 1880, a um magoado desabafo: "Literariamente parece que Cesário Verde não existe". Mas ele existiu, sim, e como! Era uma voz singular entre os românticos de seu tempo, um inovador da expressão poética e hoje em dia é considerado um dos precursores do modernismo em Portugal.

Sergio Faraco

Ao entardecer, debruçado na janela,
e sabendo de soslaio que há campos em frente,
leio até me arderem os olhos
o livro de Cesário Verde.

Fernando Pessoa[*]

---

[*] *Poemas de Alberto Caeiro*. Lisboa: Ática, 1952. p.23.

1. CRISE ROMANESCA

Deslumbramentos

Milady, é perigoso contemplá-la,
Quando passa, aromática e normal,
Com seu tipo tão nobre e tão de sala,
Com seus gestos de neve e de metal.

Sem que nisso a desgoste ou desenfade,
Quantas vezes, seguindo-lhe as passadas,
Eu vejo-a, com real solenidade,
Ir impondo *toilettes* complicadas!...

Em si tudo me atrai como um tesouro:
O seu ar pensativo e senhoril,
A sua voz que tem um timbre de ouro
E o seu nevado e lúcido perfil!

Ah! Como me estonteia e me fascina...
E é, na graça distinta do seu porte,
Como a Moda supérflua e feminina,
E tão alta e serena como a Morte!

Eu ontem encontrei-a, quando vinha,
Britânica, e fazendo-me assombrar;
Grande dama fatal, sempre sozinha,
E com firmeza e música no andar!

O seu olhar possui, num jogo ardente,
Um arcanjo e um demônio a iluminá-lo;
Como um florete, fere agudamente,
E afaga como o pêlo dum regalo[1]!

Pois bem. Conserve o gelo por esposo,
E mostre, se eu beijar-lhe as brancas mãos,
O modo diplomático e orgulhoso
Que Ana d'Áustria[2] mostrava aos cortesãos.

E enfim prossiga altiva como a Fama,
Sem sorrisos, dramática, cortante;
Que eu procuro fundir na minha chama
Seu ermo coração, como um brilhante.

Mas cuidado, milady, não se afoite,
Que hão de acabar os bárbaros reais,
E os povos humilhados, pela noite,
Para a vingança aguçam os punhais.

E um dia, ó flor do Luxo, nas estradas,
Sob o cetim do Azul e as andorinhas,
Eu hei de ver errar, alucinadas,
E arrastando farrapos – as rainhas!

---

1. Agasalho para as mãos, feito de pele e forma aproximadamente cilíndrica.

2. Infanta da Espanha (1601-1666), filha do rei Felipe III, depois rainha da França pelo casamento com Luís XIII e regente nos anos da menoridade de seu filho, o futuro Luís XIV.

Setentrional

Talvez já te esquecesses, ó bonina,
Que viveste no campo só comigo,
Que te osculei a boca purpurina,
E que fui o teu sol e o teu abrigo.

Que fugiste comigo da Babel,
Mulher como não há, nem na Circássia[3],
Que bebemos, nós dois, do mesmo fel,
E regamos com prantos uma acácia.

Talvez já te não lembres com desgosto
Daquelas brancas noites de mistério,
Em que a lua sorria no teu rosto
E nas lajes que estão no cemitério.

Quando, à brisa outoniça, como um manto,
Os teus cabelos d'âmbar, desmanchados,
Se prendiam nas folhas dum acanto,
Ou nos bicos agrestes dos silvados[4],

E eu ia desprendê-los, como um pajem
Que a cauda solevasse aos teus vestidos;
E ouvia murmurar à doce aragem
Uns delírios d'amor, entristecidos;

---

3. Região ao norte do Cáucaso, às margens do Mar Negro.
4. Tapume de silvas, um arbusto.

Quando eu via, invejoso, mas sem queixas,
Pousarem borboletas doudejantes
Nas tuas formosíssimas madeixas,
Daquela cor das messes lourejantes,

E no pomar, nós dois, ombro com ombro,
Caminhávamos sós e de mãos dadas,
Beijando os nossos rostos sem assombro,
E colorindo as faces desbotadas;

Quando ao nascer d'aurora, unidos ambos
Num amor grande como um mar sem praias,
Ouvíamos os meigos ditirambos,
Que os rouxinóis teciam nas olaias,

E, afastados da aldeia e dos casais,
Eu contigo, abraçado como as heras,
Escondidos nas ondas dos trigais,
Te devolvia os beijos que me deras;

Quando, se havia lama no caminho,
Eu te levava ao colo sobre a greda[5],
E o teu corpo nevado como arminho
Pesava menos que um papel de seda...

---

5. Argila macia.

E foste sepultar-te, ó serafim,
No claustro das Fiéis emparedadas!
Escondeste o teu rosto de marfim
No véu negro das freiras resignadas.

E eu passo, tão calado como a Morte,
Nesta velha cidade tão sombria,
Chorando aflitamente a minha sorte
E prelibando o cálix da agonia.

E, tristíssima Helena, com verdade,
Se pudera na terra achar suplícios,
Eu também me faria gordo frade
E cobriria a carne de cilícios.

Meridional
Cabelos

Ó vagas de cabelo esparsas longamente,
Que sois o vasto espelho onde eu me vou mirar,
E tendes o cristal dum lago refulgente
E a rude escuridão dum largo e negro mar;

Cabelos torrenciais daquela que m'enleva,
Deixai-me mergulhar as mãos e os braços nus
No báratro febril da vossa grande treva,
Que tem cintilações e meigos céus de luz.

Deixai-me navegar, morosamente, a remos,
Quando ele estiver brando e livre de tufões,
E, ao plácido luar, ó vagas, marulhemos
E enchamos de harmonia as amplas solidões.

Deixai-me naufragar no cimo dos cachopos
Ocultos nesse abismo ebânico e tão bom
Como um licor renano[6] a fermentar nos copos,
Abismo que s'espraia em rendas de Alençon[7]!

---

6. Da Renânia, às margens do Rio Reno, na Alemanha.

7. Cidade francesa, famosa por suas rendas, conhecidas como *Ponto de Alençon*.

E ó mágica mulher, ó minha Inigualável,
Que tens o imenso bem de ter cabelos tais,
E os pisas desdenhosa, altiva, imperturbável,
Entre o rumor banal dos hinos triunfais;

Consente que eu aspire esse perfume raro
Que exalas de cabeça erguida com fulgor,
Perfume que estonteia um milionário avaro
E faz morrer de febre um louco sonhador.

Eu sei que tu possuis balsâmicos desejos
E vais na direção constante do querer,
Mas ouço, ao ver-te andar, melódicos arpejos,
Que fazem mansamente amar e elanguescer.

E a tua cabeleira, errante pelas costas,
Suponho que te serve, em noites de verão,
De flácido espaldar aonde te recostas
Se sentes o abandono e a morna prostração.

E ela há de, ela há de, um dia, em turbilhões insanos,
Nos rolos envolver-me e armar-me do vigor
Que antigamente deu, nos circos dos romanos,
Um óleo para ungir o corpo – ao gladiador.

*

Ó mantos de veludo esplêndido e sombrio,
Na vossa vastidão posso talvez morrer!
Mas vinde-me aquecer, que eu tenho muito frio
E quero asfixiar-me em ondas de prazer.

Ironias do desgosto

"Onde é que te nasceu" – dizia-me ela às vezes –
"O horror calado e triste às coisas sepulcrais?
Por que é que não possuis a verve dos Franceses
E aspiras, em silêncio, os frascos dos meus sais?

Por que é que tens no olhar, moroso e persistente,
As sombras dum jazigo e as fundas abstrações;
E abrigas tanto fel no peito, que não sente
O abalo feminil das minhas expansões?

Há quem te julgue um velho. O teu sorriso é falso;
Mas quando tentas rir parece então, meu bem,
Que estão edificando um negro cadafalso,
E ou vai alguém morrer, ou vão matar alguém!

Eu vim – não sabes tu? – para gozar em maio,
No campo, a quietação banhada de prazer!
Não vês, ó descorado, as vestes com que saio,
E os júbilos que abril acaba de trazer?

Não vês como a campina é toda embalsamada
E como nos alegra em cada nova flor?
E então por que é que tens na fronte consternada
Um não sei quê tocante e enternecedor?"

E eu só respondia: – "Escuta-me. Conforme
Tu vibras os cristais da boca musical,
Vai-nos minando o tempo, o tempo – o cancro enorme
Que te há de corromper o corpo de vestal.

E eu calmamente sei, na dor que me amortalha,
Que a tua cabecinha ornada a Rabagas[8]
A pouco e pouco há de ir tornando-se grisalha
E em breve ao quente sol e ao gás alvejará!

E eu que daria um rei por cada teu suspiro,
Eu que amo a mocidade e as modas fúteis, vãs,
Eu morro de pesar, talvez, porque prefiro
O teu cabelo escuro às veneráveis cãs!"

---

8. Referência provável à peça de mesmo nome, do francês Victorien Sardou, de 1872.

Humilhações

De todo coração – a Silva Pinto

Esta aborrece quem é pobre. Eu, quase Jó,
Aceito os seus desdéns, seus ódios idolatro-os;
E espero-a nos salões dos principais teatros,
        Todas as noites, ignorado e só.

Lá cansa-me o ranger da seda, a orquestra, o gás;
As damas, ao chegar, gemem nos espartilhos,
E enquanto vão passando as cortesãs e os brilhos
        Eu analiso as peças no cartaz.

Na representação dum drama de Feuillet[9],
Eu aguardava, junto à porta, na penumbra,
Quando a mulher nervosa e vã que me deslumbra
        Saltou soberba o estribo do *coupé*.

Como ela marcha! Lembra um magnetizador.
Roçavam no veludo as guarnições de rendas;
E, muito embora tu, burguês, me não entendas,
        Fiquei batendo os dentes de terror.

Sim! Porque não podia abandoná-la em paz!
Ó minha pobre bolsa, amortalhou-se a idéia

---

9. Octave Feuillet, escritor francês (1821-1890), romancista e dramaturgo.

De vê-la aproximar, sentado na platéia,
De tê-la num binóculo mordaz!

Eu ocultava o fraque usado nos botões;
Cada contratador dizia em voz rouquenha:
– Quem compra algum bilhete ou vende alguma senha?
    E ouviam-se cá fora as ovações.

Que desvanecimento! A pérola do tom!
As outras ao pé dela imitam de bonecas;
Têm menos melodia as harpas e as rabecas,
    Nos grandes espetáculos do Som.

Ao mesmo tempo, eu não deixava de a abranger;
Vi-a subir, direita, a larga escadaria
E entrar no camarote. Antes estimaria
    Que o chão se abrisse para me abater.

Saí; mas ao sair senti-me atropelar.
Era um municipal sobre um cavalo. A guarda
Espanca o povo. Irei-me; e eu, que detesto a farda
    Cresci com raiva contra o militar.

De súbito, fanhosa, infecta, rota, má,
Pôs-se à minha frente uma velhinha suja,
E disse-me, piscando os olhos de coruja:
    – Meu bom senhor! Dá-me um cigarro? Dá?...

Responso

I

Num castelo deserto e solitário,
Toda de preto, às horas silenciosas,
Envolve-se nas pregas dum sudário
E chora como as grandes criminosas.

Pudesse eu ser o lenço de Bruxelas
Em que ela esconde as lágrimas singelas!

II

E loura como as doces escocesas,
Duma beleza ideal, quase indecisa;
Circunda-se de luto e de tristezas
E excede a melancólica Artemisa[10].

Fosse eu os seus vestidos afogados
E havia de escutar-lhe os seus pecados!

III

Alta noite, os planetas argentados
Deslizam um olhar macio e vago
Nos seus olhos de pranto marejados
E nas águas mansíssimas do lago.

Pudesse eu ser a lua, a lua terna,
E faria que a noite fosse eterna!

---

10. (Mit.) Ártemis – Diana entre os romanos –, deusa da caça, avessa ao amor e à companhia masculina.

IV

E os abutres e os corvos fazem giros
De roda das ameias e dos pegos,
E nas salas ressoam uns suspiros
Dolentes como as súplicas dos cegos.

Fosse eu aquelas aves de pilhagem,
E cercara-lhe a fronte, em homenagem!

V

E ela vaga nas praias rumorosas,
Triste como as rainhas destronadas,
A contemplar as gôndolas airosas,
Que passam, *a giorno* iluminadas.

Pudesse eu ser o rude gondoleiro
E ali é que fizera o meu cruzeiro!

VI

De dia, entre os veludos e entre as sedas,
Murmurando palavras aflitivas,
Vagueia nas umbrosas alamedas
E acarinha, de leve, as sensitivas.

Fosse eu aquelas árvores frondosas,
E prendera-lhe as roupas vaporosas!

VII

Ou domina, a rezar, o pavimento
Da capela onde outrora se ouviu missa,
A música dulcíssima do vento
E o sussurro do mar, que s'espreguiça.

Pudesse eu ser o mar e os meus desejos
Eram ir borrifar-lhe os pés, com beijos!

VIII

E às horas do crepúsculo saudosas,
Nos parques com tapetes cultivados,
Quando ela passa curvam-se amorosas
As estátuas de seus antepassados.

Fosse eu também granito, e a minha vida
Era vê-la a chorar arrependida!

IX

No palácio isolado como um monte,
Erram as velhas almas dos precitos,
E nas noites de inverno ouvem-se ao longe
Os lamentos dos náufragos aflitos.

Pudesse eu ter também uma procela
E as lentas agonias ao pé dela!

X

E às lajes, no silêncio dos mosteiros,
Ela conta o seu drama negregado,
E o vasto carmesim dos reposteiros
Ondula como um mar ensangüentado.

Fossem aquelas mil tapeçarias
Nossas mortalhas quentes e sombrias!

XI

E assim passa, chorando, as noites belas,
Sonhando uns tristes sonhos doloridos,
E a refletir nas góticas janelas
As estrelas dos céus desconhecidos.

Pudesse eu ir sonhar também contigo
E ter as mesmas pedras no jazigo!

XII

Mergulha-se em angústias lacrimosas
Nos ermos dum castelo abandonado,
E as próximas florestas tenebrosas
Repercutem um choro amargurado.

Uníssemos, nós dois, as nossas covas,
Ó doce castelã das minhas trovas!

2. NATURAIS

Contrariedades

Eu hoje estou cruel, frenético, exigente;
Nem posso tolerar os livros mais bizarros.
Incrível! Já fumei três maços de cigarros
      Consecutivamente.

Dói-me a cabeça. Abafo uns desesperos mudos:
Tanta depravação nos usos, nos costumes!
Amo, insensatamente, os ácidos, os gumes
      E os ângulos agudos.

Sentei-me à secretária. Ali defronte mora
Uma infeliz, sem peito, os dois pulmões doentes;
Sofre de faltas d'ar; morreram-lhe os parentes
      E engoma para fora.

Pobre esqueleto branco, entre as nevadas roupas!
Tão lívida! O doutor deixou-a. Mortifica.
Lidando sempre! E deve a conta à botica!
      Mal ganha para sopas...

O obstáculo estimula, torna-nos perversos;
Agora sinto-me eu cheio de raivas frias,
Por causa dum jornal me rejeitar, há dias,
      Um folhetim de versos.

Que mau humor! Rasguei uma epopéia morta
No fundo da gaveta. O que produz o estudo?
Mais duma redação, das que elogiam tudo,
    Me tem fechado a porta.

A Crítica segundo o método de Taine[11],
Ignoram-na. Juntei numa fogueira imensa
Muitíssimos papéis inéditos. A imprensa
    Vale um desdém solene.

Com raras exceções, merece-me o epigrama.
Deu meia-noite; e em paz pela calçada abaixo,
Um sol-e-dó[12]. Chuvisca. O populacho
    Diverte-se na lama.

Eu nunca dediquei poemas às fortunas,
Mas sim, por deferência, a amigos ou a artistas.
Independente! Só por isso os jornalistas
    Me negam as colunas.

Receiam que o assinante ingênuo os abandone,
Se forem publicar tais coisas, tais autores.
Arte? Não lhes convém, visto que os seus leitores
    Deliram por Zaccone[13].

---

11. Hippolyte Taine, filósofo, historiador e crítico francês (1828-1893).

12. (Pop.) Música simples, sem modulações e de acordes repetitivos.

13. P. Zaccone, romancista francês (1817-1895), autor melodramático.

Um prosador qualquer desfruta fama honrosa,
Obtém dinheiro, arranja a sua *coterie*;
E a mim, não há questão que mais me contrarie
    Do que escrever em prosa.

A adulação repugna aos sentimentos finos;
Eu raramente falo aos nossos literatos,
E apuro-me em lançar originais e exatos
    Os meus alexandrinos...

E a tísica? Fechada, e com o ferro aceso!
Ignora que a asfixia a combustão das brasas,
Não foge do estendal que lhe umedece as casas,
    E fina-se ao desprezo!

Mantém-se a chá e pão! Antes entrar na cova.
Esvai-se; e todavia, à tarde, fracamente,
Ouço-a cantarolar uma canção plangente
    Duma opereta nova!

Perfeitamente. Vou findar sem azedume.
Quem sabe se depois, eu rico e noutros climas,
Conseguirei reler essas antigas rimas,
    Impressas em volume?

Nas letras eu conheço um campo de manobras;
Emprega-se a *réclame*, a intriga, o anúncio, a *blague*,
E esta poesia pede um editor que pague
    Todas as minhas obras...

E estou melhor; passou-me a cólera. E a vizinha?
A pobre engomadeira ir-se-á deitar sem ceia?
Vejo-lhe luz no quarto. Inda trabalha. É feia...
    Que mundo! Coitadinha!

A débil

Eu, que sou feio, sólido, e leal,
A ti, que és bela, frágil, assustada,
Quero estimar-te, sempre, recatada
Numa existência honesta, de cristal.

Sentado à mesa dum café devasso,
Ao avistar-te, há pouco, fraca e loura,
Nesta Babel tão velha e corruptora,
Tive tenções de oferecer-te o braço.

E, quando socorreste um miserável,
Eu, que bebia cálices d'absinto,
Mandei ir a garrafa, porque sinto
Que me tornas prestante, bom, saudável.

"Ela aí vem!" disse eu para os demais;
E pus-me a olhar, vexado e suspirando,
O teu corpo que pulsa, alegre e brando,
Na frescura dos linhos matinais.

Via-te pela porta envidraçada;
E invejava – talvez que o não suspeites! –
Esse vestido simples, sem enfeites,
Nessa cintura tenra, imaculada.

Ia passando, a quatro, o patriarca.
Triste eu saí. Doía-me a cabeça;
Uma turba ruidosa, negra, espessa,
Voltava das exéquias dum monarca.

Adorável! Tu muito natural
Seguias, a pensar no teu bordado;
Avultava, num largo arborizado,
Uma estátua de rei num pedestal.

Sorriam nos seus trens os titulares;
E ao claro sol, guardava-te, no entanto,
A tua boa mãe, que te ama tanto,
Que não te morrerá sem te casares!

Soberbo dia! Impunha-me respeito
A limpidez do teu semblante grego;
E uma família, um ninho de sossego,
Desejava beijar sobre o teu peito.

Com elegância e sem ostentação,
Atravessavas branca, esvelta e fina,
Uma chusma de padres de batina,
E d'altos funcionários da nação.

"Mas se a atropela o povo turbulento!
Se fosse, por acaso, ali pisada!"
De repente, paraste embaraçada
Ao pé dum numeroso ajuntamento.

E eu, que urdia estes fáceis esbocetos,
Julguei ver, com a vista de poeta,
Uma pombinha tímida e quieta
Num bando ameaçador de corvos pretos.

E foi, então, que eu, homem varonil,
Quis dedicar-te a minha pobre vida,
A ti, que és tênue, dócil, recolhida,
Eu, que sou hábil, prático, viril.

Num bairro moderno

A Manuel Ribeiro

Dez horas da manhã; os transparentes
Matizam uma casa apalaçada;
Pelos jardins estancam-se os nascentes,
E fere a vista, com brancuras quentes,
A larga rua macadamizada.

Rez-de-chaussée repousam sossegados,
Abriram-se, nalguns, as persianas,
E dum ou doutro, em quartos estucados,
Ou entre a rama dos papéis pintados,
Reluzem, num almoço, as porcelanas.

Como é saudável ter o seu conchego,
E a sua vida fácil! Eu descia,
Sem muita pressa, para o meu emprego,
Aonde agora quase sempre chego
Com as tonturas duma apoplexia.

E rota, pequenina, azafamada,
Notei de costas uma rapariga,
Que no xadrez marmóreo duma escada,
Como um retalho de horta aglomerada,
Pousara, ajoelhando, a sua giga[14].

---

14. Canastra.

E eu, apesar do sol, examinei-a:
Pôs-se de pé: ressoam-lhe os tamancos,
E abre-se-lhe o algodão azul da meia,
Se ela se curva, esguedelhada, feia,
E pendurando os seus bracinhos brancos.

Do patamar responde-lhe um criado:
"Se te convém, despacha: não converses.
Eu não dou mais". E muito descansado,
Atira um cobre lívido, oxidado.
Que vem bater nas faces d'uns alperces[15].

Subitamente – que visão de artista! —
Se eu transformasse os simples vegetais,
À luz do sol, o intenso colorista,
Num ser humano que se mova e exista
Cheio de belas proporções carnais?!

Bóiam aromas, fumos de cozinha;
Com o cabaz às costas, e vergando,
Sobem padeiros, claros de farinha;
E às portas, uma ou outra campainha
Toca, frenética, de vez em quando.

---

15. Damasco.

E eu recompunha, por anatomia,
Um novo corpo orgânico, aos bocados.
Achava os tons e as formas. Descobria
Uma cabeça numa melancia,
E n'uns repolhos seios injetados.

As azeitonas, que nos dão o azeite,
Negras e unidas, entre verdes folhos,
São tranças dum cabelo que se ajeite;
E os nabos – ossos nus, da cor do leite,
E os cachos d'uvas – os rosários d'olhos.

Há colos, ombros, bocas, um semblante
Nas posições de certos frutos. E entre
As hortaliças, túmido, fragrante,
Como d'alguém que tudo aquilo jante,
Surge um melão, que me lembrou um ventre.

E, como um feto, enfim, que se dilate,
Vi nos legumes carnes tentadoras,
Sangue de ginja[16] vívida, escarlate,
Bons corações pulsando, no tomate,
E dedos hirtos, rubros, nas cenouras.

---

16. Fruto da ginjeira, semelhante à cereja.

O sol dourava o céu. E a regateira,
Como vendera a sua fresca alface
E dera o ramo de hortelã que cheira,
Voltando-se, gritou-me, prazenteira:
"Não passa mais ninguém!... Se me ajudasse?!..."

Eu acerquei-me dela, sem desprezo;
E, pelas duas asas a quebrar,
Nós levantamos todo aquele peso
Que ao chão de pedra resistia preso,
Com um enorme esforço muscular.

"Muito obrigada! Deus lhe dê saúde!"
E recebi, naquela despedida,
As forças, a alegria, a plenitude,
Que brotam dum excesso de virtude,
Ou duma digestão desconhecida.

E enquanto sigo para o lado oposto,
E ao longe rodam umas carruagens,
A pobre afasta-se, ao calor de agosto,
Descolorida nas maçãs do rosto,
E sem quadris na saia de ramagens.

Um pequerrucho rega a trepadeira
Duma janela azul; e, com o ralo
Do regador, parece que joeira
Ou que borrifa estrelas; e a poeira
Que eleva nuvens alvas a incensá-lo.

Chegam do gigo emanações sadias,
Ouço um canário – que infantil chilrada! –
Lidam *ménages* entre as gelosias,
E o sol estende, pelas frontarias,
Seus raios de laranja destilada.

E pitoresca e audaz, na sua chita,
O peito erguido, os pulsos nas ilhargas,
Duma desgraça alegre que me incita,
Ela apregoa, magra, enfezadita,
As suas couves repolhudas, largas.

E como as grossas pernas dum gigante,
Sem tronco, mas atléticas, inteiras,
Carregam sobre a pobre caminhante,
Sobre a verdura rústica, abundante,
Duas frugais abóboras carneiras.

Cristalizações

A Bettencourt Rodrigues

Faz frio. Mas, depois duns dias de aguaceiros,
    Vibra uma imensa claridade crua.
    De cócoras, em linha, os calceteiros,
    Com lentidão, terrosos e grosseiros,
    Calçam de lado a lado a longa rua.

Como as elevações secaram do relento,
    E o descoberto sol abafa e cria!
    A frialdade exige o movimento;
    E as poças d'água, como em chão vidrento,
    Refletem a molhada casaria.

Em pé e perna, dando aos rins que a marcha agita,
    Disseminadas, gritam as peixeiras;
    Luzem, aquecem a manhã bonita,
    Uns barracões de gente pobrezita,
    E uns quintalórios[17] velhos com parreiras.

Não se ouvem aves; nem o choro duma nora!
    Tomam por outra parte os viandantes;
    E o ferro e a pedra – que união sonora! –
    Retinem alto pelo espaço fora,
    Com choques rijos, ásperos, cantantes.

---

17. Quintal grande e malcuidado. (Lello).

Bom tempo. E os rapagões, morosos, duros, baços,
    Cuja coluna nunca se endireita,
    Partem penedos; cruzam-se estilhaços.
    Pesam enormemente os grossos maços,
    Com que outros batem a calçada feita.

A sua barba agreste! A lã dos seus barretes!
    Que espessos forros! Numa das regueiras
    Acamam-se as japonas, os coletes;
    E eles descalçam com os picaretes,
    Que ferem lume sobre pederneiras.

E nesse rude mês, que não consente as flores,
    Fundeiam, como a esquadra em fria paz,
    As árvores despidas. Sóbrias cores!
    Mastros, enxárcias, vergas! Valadores
    Atiram terra com as largas pás.

Eu julgo-me no Norte, ao frio – o grande agente!
    Carros de mão, que chiam carregados,
    Conduzem saibro, vagarosamente;
    Vê-se a cidade, mercantil, contente:
    Madeiras, águas, multidões, telhados!

Negrejam os quintais, enxuga a alvenaria;
    Em arco, sem as nuvens flutuantes,
    O céu renova a tinta corredia;
    E os charcos brilham tanto, que eu diria
    Ter ante mim lagoas de brilhantes!

E engelham, muito embora, os fracos, os tolhidos,
    Eu tudo encontro alegremente exato.
    Lavo, refresco, limpo os meus sentidos.
    E tangem-me, excitados, sacudidos,
    O tato, a vista, o ouvido, o gosto, o olfato!

Pede-me o corpo inteiro esforços na friagem
    De tão lavada e igual temperatura!
    Os ares, o caminho, a luz reagem;
    Cheira-me a fogo, a sílex, a ferragem;
    Sabe-me a campo, a lenha, a agricultura.

Mal-encarado e negro, um pára enquanto passo;
    Dois assobiam, altas as marretas,
    Possantes, grossas, temperadas d'aço;
    E um gordo, o mestre, com um ar ralasso[18]
    E manso, tira o nível das valetas.

---

18. Indolente.

Homens de carga! Assim as bestas vão curvadas!
    Que vida tão custosa! Que diabo!
    E os cavadores pousam as enxadas,
    E cospem nas calosas mãos gretadas,
    Para que não lhes escorregue o cabo.

Povo! No pano cru rasgado das camisas
    Uma bandeira penso que transluz!
    Com ela sofres, bebes, agonizas:
    Listrões de vinho lançam-lhe divisas,
    E os suspensórios trançam-lhe uma cruz!

D'escuro, bruscamente, ao cimo da barroca[19],
    Surge um perfil direito que se aguça;
    E, ar matinal de quem saiu da toca,
    Uma figura fina desemboca,
    Toda abafada num casaco à russa.

D'onde ela vem! A atriz que tanto cumprimento
    E a quem, à noite na platéia, atraio
    Os olhos lisos como polimento!
    Com seu rostinho estreito, friorento,
    Caminha agora para o seu ensaio.

---

19. Monte de barro.

E aos outros eu admiro os dorsos, e os costados
    Como lajões. Os bons trabalhadores!
    Os filhos das lezírias, dos montados:
    Os das planícies, altos, aprumados;
    Os das montanhas, baixos, trepadores!

Mas, fina de feições, o queixo hostil, distinto,
    Furtiva a tiritar em suas peles,
    Espanta-me a atrizita que hoje pinto,
    Neste dezembro enérgico, sucinto,
    E nestes sítios suburbanos, reles!

Como animais comuns, que uma picada esquente,
    Eles, bovinos, másculos, ossudos,
    Encaram-na sangüínea, brutamente:
    E ela vacila, hesita, impaciente
    Sobre as botinhas de tacões agudos.

Porém, desempenhando o seu papel na peça,
    Sem que inda o público a passagem abra,
    O demonico arrisca-se, atravessa
    Covas, entulhos, lamaçais, depressa,
    Com seus pezinhos rápidos, de cabra!

Noites gélidas

Merina

Rosto comprido, airosa, angelical, macia,
Por vezes, a alemã que eu sigo e que me agrada,
Mais alva que o luar de inverno que me esfria,
Nas ruas a que o gás dá noites de balada;
Sob os abafos bons que o Norte escolheria,
Com seu passinho curto e em suas lãs forrada,
Recorda-me a elegância, a graça, a galhardia
De uma ovelhinha branca, ingênua e delicada.

Sardenta

Tu, nesse corpo completo,
Ó láctea virgem dourada,
Tens o linfático aspecto
Duma camélia melada.

Flores velhas

Fui ontem visitar o jardinzinho agreste,
Aonde tanta vez a lua nos beijou,
E em tudo vi sorrir o amor que tu me deste,
Soberba como um sol, serena como um vôo.

Em tudo cintilava o límpido poema,
Com ósculos rimado às luzes dos planetas;
A abelha inda zumbia em torno da alfazema;
E ondulava o matiz das leves borboletas.

Em tudo eu pude ver ainda a tua imagem,
A imagem que inspirava os castos madrigais;
E as virações, o rio, os astros, a paisagem,
Traziam-me à memória idílios imortais.

Diziam-me que tu, no flórido passado,
Detinhas sobre mim, ao pé daquelas rosas,
Aquele teu olhar moroso e delicado,
Que fala de languor e d'emoções mimosas;

E, ó pálida Clarisse, ó alma ardente e pura,
Que não me desgostou nem uma vez sequer,
Eu não sabia haurir do cálix da ventura
O néctar que nos vem dos mimos da mulher!

Falou-me tudo, tudo, em tons comovedores,
Do nosso amor, que uniu as almas de dois entes;
As falas quase irmãs do vento com as flores
E a mole exalação das várzeas recendentes.

Inda pensei ouvir aquelas coisas mansas
No ninho de afeições criado para ti,
Por entre o riso claro, e as vozes das crianças,
E as nuvens que esbocei e os sonhos que nutri.

Lembrei-me muito, muito, ó símbolo das santas,
Do tempo em que eu soltava as notas inspiradas,
E sob aquele céu e sobre aquelas plantas
Bebemos o elixir das tardes perfumadas.

E nosso bom romance escrito num desterro,
Com beijos sem ruído, em noites sem luar,
Fizeram-mo reler, mais tristes que um enterro,
Os goivos, a baunilha e as rosas de toucar.

Mas tu agora nunca, ah! nunca mais te sentas
Nos bancos de tijolo em musgo atapetados,
E eu não te beijarei, às horas sonolentas,
Os dedos de marfim, polidos e delgados...

Eu, por não ter sabido amar os movimentos
Da estrofe mais ideal das harmonias mudas,
Eu sinto as decepções e os grandes desalentos
E tenho um riso mau como o sorrir de Judas.

E tudo enfim passou, passou como uma pena,
Que o mar leva ao dorso exposto aos vendavais,
E aquela doce vida, aquela vida amena,
Ah! nunca mais virá, meu lírio, nunca mais!

Ó minha boa amiga, ó minha meiga amante!
Quando ontem eu pisei, bem magro e bem curvado,
A areia em que rangia a saia roçagante,
Que foi na minha vida o céu aurirrosado,

Eu tinha tão impresso o cunho da saudade,
Que as ondas que formei das suas ilusões
Fizeram-me enganar na minha soledade
E as asas ir abrindo às minhas impressões.

Soltei com devoção lembranças inda escravas,
No espaço construí fantásticos castelos,
No tanque debrucei-me em que te debruçavas,
E onde o luar parava os raios amarelos.

Cuidei até sentir, mais doce que uma prece,
Suster a minha fé, num véu consolador,
O teu divino olhar que as pedras amolece,
E há muito me prendeu nos cárceres do amor.

Os teus pequenos pés, aqueles pés suaves
Julguei-os esconder por entre as minhas mãos,
E imaginei ouvir, ao conversar das aves,
As célicas canções dos anjos teus irmãos.

E como na minha alma a luz era uma aurora,
A aragem ao passar parece que me trouxe
O som da tua voz, metálica, sonora,
E o teu perfume forte, o teu perfume doce.

Agonizava o sol gostosa e lentamente,
Um sino que tangia, austero e com vagar,
Vestia de tristeza esta paixão veemente,
Esta doença, enfim, que a morte há de curar.

E quando m'envolveu a noite, noite fria,
Eu trouxe do jardim duas saudades roxas,
E vim meditar em quem me cerraria,
Depois de eu me morrer, as pálpebras já frouxas.

Pois que, minha adorada, eu peço que não creias
Que eu amo esta existência e não lhe queira um fim;
Há tempos que não sinto o sangue pelas veias
E a campa talvez seja afável para mim.

Portanto, eu, que não cedo às atrações do gozo,
Sem custo hei de deixar as mágoas deste mundo,
E, ó pálida mulher, de longo olhar piedoso,
Em breve te olharei, calado e moribundo.

Mas quero só fugir das coisas e dos seres,
Só quero abandonar a vida triste e má
Na véspera do dia em que também morreres,
Morreres de pesar, por eu não *viver* já!

E não virás, chorosa, aos rústicos tapetes,
Com lágrimas regar as plantações ruins;
E esperarão por ti, naqueles alegretes,
As dálias a chorar nos braços dos jasmins!

Noite fechada

(L.)

Lembras-te tu do sábado passado,
Do passeio que demos, devagar,
Entre um saudoso gás amarelado
E as carícias leitosas do luar?

Bem me lembro das altas ruazinhas,
Que ambos nós percorremos de mãos dadas:
Às janelas palravam as vizinhas;
Tinham lívidas luzes as fachadas.

Não me esqueço das coisas que disseste,
Ante um pesado templo com recortes:
E os cemitérios ricos, e o cipreste
Que vive de gorduras e de mortes!

Nós saíramos próximo ao sol-posto,
Mas seguíamos cheios de demoras;
Não me esqueceu ainda o meu desgosto,
Nem o sino rachado que deu horas.

Tenho inda gravado no sentido,
Porque tu caminhavas com prazer,
Cara rapada, gordo e presumido,
O padre que parou para te ver.

Como uma mitra a cúpula da igreja
Cobria parte do venturoso largo;
E essa boca viçosa de cereja
Torcia risos com sabor amargo.

A lua dava trêmulas brancuras,
Eu ia cada vez mais magoado;
Vi um jardim com árvores escuras,
Como uma jaula todo gradeado!

E para te seguir entrei contigo
Num pátio velho, que era dum canteiro
E onde, talvez, se faça inda o jazigo
Em que eu irei apodrecer primeiro!

Eu sinto ainda a flor da tua pele,
Tua luva, teu véu, o que tu és!
Não sei que tentação é que te impele
Os pequeninos e cansados pés.

Sei que em tudo atentavas, tudo vias!
Eu por mim tinha pena dos marçanos[20]
Como ratos, nas gordas mercearias,
Encafurnados por imensos anos!

---

20. Aprendiz de caixeiro.

Tu sorrias de tudo: os carvoeiros,
Que aparecem ao fundo dumas minas,
E à cruz luz os pálidos barbeiros
Com óleos e maneiras femininas!

Fins de semana! Que miséria em bando!
O povo folga, estúpido e grisalho!
E os artistas de ofício iam passando,
Com as férias, ralados do trabalho.

O quadro interior, dum que à candeia
Ensina a filha a ler, meteu-me dó!
Gosto mais do plebeu que cambaleia,
Do bêbado feliz que fala só!

De súbito, na volta de uma esquina,
Sob um bico de gás que abria em leque,
Vimos um militar, de barretina
E galões marciais de pechisbeque.

E enquanto ele falava ao seu namoro,
Que morava num prédio de azulejo,
Nos nossos lábios retiniu sonoro
Um vigoroso e formidável beijo!

E assim ao meu capricho abandonada,
Erramos por travessas, por vielas,
E passamos por pé duma tapada
E um palácio real com sentinelas.

E eu que busco a moderna e fina arte,
Sobre a umbrosa calçada sepulcral,
Tive a rude intenção de violentar-te,
Imbecilmente, como um animal!

Mas ao rumor dos ramos e d'aragem,
Como longínquos bosques muito ermos,
Tu querias no meio da folhagem
Um ninho enorme, para nós vivermos.

E ao passo que eu te ouvia abstratamente,
Ó grande pomba tépida que arrulha,
Vinham batendo o macadam fremente
As patadas sonoras da patrulha.

E através a imoral cidadezinha
Nós fomos ter às portas, às barreiras,
Em que uma negra multidão se apinha
De tecelões, de fumos, de caldeiras.

Mas a noite dormente e esbranquiçada
Era uma esteira lúcida d'amor;
Ó jovial senhora perfumada,
Ó terrível criança! Que esplendor!

E ali começaria o meu desterro!...
Lodoso o rio, e glacial, corria;
Sentamo-nos, os dois, num novo aterro
Na muralha dos cais de cantaria.

Nunca mais amarei, já que não amas,
E é preciso, decerto, que me deixes!
Toda a maré luzia como escamas,
Como alguidar de prateados peixes.

E como é necessário que eu me afoite
A perder-me de ti, por quem existo,
Eu fui passar ao campo aquela noite
E andei léguas a pé, pensando nisto.

E tu que não serás somente minha,
Às carícias leitosas do luar,
Recolheste-te, pálida e sozinha,
À gaiola do teu terceiro andar.

Manhãs brumosas

Aquela, cujo amor me causa alguma pena,
Põe o chapéu ao lado, abre o cabelo à banda,
E com a forte voz cantada, com que ordena,
Lembra-me, de manhã, quando nas praias anda,
Por entre o campo e o mar, bucólica, morena,
Uma pastora audaz da religiosa Irlanda.

Que línguas fala? A ouvir-lhe as inflexões inglesas,
– Na névoa azul, a caça, as pescas, os rebanhos! –
Sigo-lhe os altos pés por estas asperezas;
E o meu desejo nada em época de banhos,
E, ave de arribação, ele enche de surpresas
Seus olhos de perdiz, redondos e castanhos.

As irlandesas têm soberbos desmazelos!
Ela descobre assim, com lentidões ufanas,
Alta, escorrida, abstrata, os grossos tornozelos;
E como aquelas são marítimas, serranas,
Sugere-me o naufrágio, as músicas, e gelos
E as redes, a manteiga, os queijos, as choupanas.

Parece um *rural boy*! Sem brincos nas orelhas,
Traz um vestido claro a comprimir-lhe os flancos,
Botões a tiracolo e aplicações vermelhas;

E à roda, num país de prados e barrancos,
Se as minhas mágoas vão, mansíssimas ovelhas,
Correm os seus desdéns, como vitelos brancos.

E aquela, cujo amor me causa alguma pena,
Põe o chapéu ao lado, abre o cabelo à banda,
E com a forte voz cantada, com que ordena,
Lembra-me, de manhã, quando nas praias anda,
Por entre o campo e o mar, católica, morena,
Uma pastora audaz da religiosa Irlanda.

Frígida

I

Balzac[21] é meu rival, minha senhora inglesa!
Eu quero-a, porque odeio as carnações redondas!
Mas ele eternizou-lhe a singular beleza
E eu turbo-me ao deter seus olhos cor das ondas.

II

Admiro-a. A sua longa e plácida estatura
Expõe a majestade austera dos invernos:
Não cora no seu todo a tímida candura;
Dançam a paz dos céus e o assombro dos infernos.

III

Eu vejo-a caminhar, fleumática, irritante,
Numa das mãos franzindo um lenço de cambraia...
Ninguém me prende assim, fúnebre, extravagante,
Quando arregaça e ondula a preguiçosa saia!

IV

Ouso esperar, talvez, que o seu amor me acoite,
Mas nunca a fitarei duma maneira franca;

---

21. Honoré de Balzac, escritor francês (1799-1850).

Traz o esplendor do Dia e a palidez da Noite,
É, como o Sol, dourada, e, como a Lua, branca!

V

Pudesse-me eu prostrar, num meditado impulso,
Ó gélida mulher bizarramente estranha,
E trêmulo depor os lábios no teu pulso,
Entre a macia luva e o punho de bretanha!...

VI

Cintila no seu rosto a lucidez das jóias.
Ao encarar consigo, a fantasia pasma;
Pausadamente lembra o silvo das jibóias
E a marcha demorada e muda dum fantasma.

VII

Metálica visão que Charles Baudelaire[22]
Sonhou e pressentiu nos seus delírios mornos,
Permita que eu lhe adule a distinção que fere,
As curvas da magreza e o lustre dos adornos!

VIII

Deslize como um astro, um astro que declina;
Tão descansada e firme é que me desvaria,

---

22. Poeta francês (1821-1867).

E tem a lentidão duma corveta fina
Que nobremente vá num mar de calmaria.

IX

Não me imagine um doido! Eu vivo como um monge
No bosque das ficções, ó grande flor do Norte!
E, ao persegui-la, penso acompanhar de longe
O sossegado espectro angélico da Morte!

X

O seu vagar oculta uma elasticidade
Que deve dar um gosto amargo e deleitoso,
E a sua glacial impassibilidade
Exalta o meu desejo e irrita o meu nervoso.

XI

Porém não arderei aos seus contatos frios,
E não me enroscará nos serpentinos braços:
Receio suportar febrões e calafrios;
Adoro no seu corpo os movimentos lassos.

XII

E se uma vez me abrisse o colo transparente,
E me osculasse, enfim, flexível e submissa,
Eu julgaria ouvir alguém, agudamente,
Nas trevas, a cortar pedaços de cortiça!

De verão

A Eduardo Coelho

I

No campo; eu acho nele a musa que me anima:
    A claridade, a robustez, a ação.
    Esta manhã, saí com minha prima,
    Em quem eu noto a mais sincera estima
    E a mais completa e séria educação.

II

Criança encantadora! Eu mal esboço o quadro
    Da lírica excursão, d'intimidade.
    Não pinto a velha ermida com o seu adro;
    Sei só desenho de compasso e esquadro,
    Respiro indústria, paz, salubridade.

III

Andam cantando aos bois; vamos cortando as leiras;
    E tu dizias: "Fumas? E as fagulhas?
    Apaga o teu cachimbo junto às eiras;
    Colhe-me uns brincos rubros nas ginjeiras!
    Quanto me alegra a calma das debulhas!"

IV

E perguntavas sobre os últimos inventos
    Agrícolas! Que aldeias tão lavadas!
    Bons ares! Boa luz! Bons alimentos!
    Olha: os saloios vivos, corpulentos,
    Como nos fazem grandes barretadas!

V

Voltemos. Na ribeira abundam as ramagens
    Dos olivais escuros. Onde irás?
    Regressam os rebanhos das pastagens;
    Ondeiam milhos, nuvens e miragens,
    E, silencioso, eu fico para trás.

VI

Numa colina azul brilha um lugar caiado.
    Belo! E arrimada ao cabo da sombrinha,
    Com teu chapéu de palha, desabado,
    Tu continuas na azinhaga; ao lado
    Verdeja, vicejante, a nossa vinha.

VII

Nisto, parando, como alguém que se analisa,
    Sem desprender do chão teus olhos castos,
    tu começaste, harmônica, indecisa,
    A arregaçar a chita, alegre e lisa,
    Da tua cauda um poucochinho a rastos.

VIII

Espreitam-te, por cima, as frestas dos celeiros;
    O sol abrasa as terras já ceifadas,
    E alvejam-te, na sombra dos pinheiros,
    Sobre os teus pés decentes, verdadeiros,
    As saias curtas, frescas, engomadas.

IX

E, como quem saltasse, extravagantemente,
    Um rego d'água, sem se enxovalhar,
    Tu, a austera, a gentil, a inteligente,
    Depois de bem composta, deste à frente
    Uma pernada cômica, vulgar!

X

Exótica! E cheguei-me ao pé de ti. Que vejo!
    No atalho enxuto, e branco das espigas
    Caídas das carradas no salmejo[23],
    Esguio e a negrejar em um cortejo,
    Destaca-se um carreiro de formigas.

XI

Elas, em sociedade, espertas, diligentes,
    Na natureza trêmula de sede,
    Arrastam bichos, uvas e sementes;

---

23. Salmejar: levar os cereais à eira (Lello).

E atulham, por instinto, previdentes,
Seus antros quase ocultos na parede.

XII

E eu desatei a rir como qualquer macaco.
    "Tu não as esmagares contra o solo!"
    E ria-me, eu ocioso, inútil, fraco,
    Eu de jasmim na casa do casaco
    E d'óculo deitado a tiracolo.

XIII

"As ladras da colheita! Eu, se trouxesse agora
    Um sublimado corrosivo, uns pós
    De solimão[24], eu, sem maior demora,
    Envená-las-ia! Tu, por ora,
    Preferes o romântico ao feroz.

XIV

Que compaixão! Julgava até que matarias
    Esses insetos importunos! Basta.
    Merecem-te espantosas simpatias?
    Eu felicito suas senhorias,
    Que honraste com um pulo de ginasta!"

---

24. Poção venenosa.

XV

E enfim calei-me. Os teus cabelos muito louros
    Luziam, com doçura, honestamente;
    De longe o trigo em monte, e os calcadouros[25],
    Lembravam-me fusões d'imensos ouros,
    E o mar um prado verde e florescente.

XVI

Vibravam, na campina, as chocas de manada;
    Vinham uns carros a gemer no outeiro,
    E finalmente, enérgica, zangada,
    Tu, inda assim bastante envergonhada,
    Volveste-me, apontando o formigueiro:

XVII

"Não me incomode, não, com ditos detestáveis!
    Não seja simplesmente um zombador!
    Estas mineiras negras, incansáveis,
    São mais economistas, mais notáveis,
    E mais trabalhadoras que o senhor!"

---

25. Eira onde são debulhados os cereais.

O sentimento dum ocidental

A Guerra Junqueiro

I. Ave-Marias

Nas nossas ruas, ao anoitecer,
Há tal soturnidade, há tal melancolia,
Que as sombras, o bulício, o Tejo, a maresia
Despertam-me um desejo absurdo de sofrer.

O céu parece baixo e de neblina,
O gás extravasado enjoa-me, perturba;
E os edifícios, com as chaminés, e a turba,
Toldam-se duma cor monótona e londrina.

Batem os carros d'aluguel, ao fundo,
Levando à via férrea os que se vão. Felizes!
Ocorrem-me em revista exposições, países:
Madrid, Paris, Berlim, S. Petersburgo, o mundo!

Semelham-se a gaiolas, com viveiros,
As edificações somente emadeiradas:
Como morcegos, ao cair das badaladas,
Saltam de viga em viga os mestres carpinteiros.

Voltam os calafates, aos magotes,
De jaquetão ao ombro, enfarruscados, secos;
Embrenho-me, a cismar, por boqueirões, por becos,
Ou erro pelo cais a que se atracam botes.

E evoco, então, as crônicas navais:
Mouros, baixéis, heróis, tudo ressuscitado!
Luta Camões no mar, salvando um livro, a nado!
Singram soberbas naus que eu não verei jamais!

E o fim da tarde inspira-me, e incomoda!
De um couraçado inglês vogam os escaleres;
E em terra num tinir de louças e talheres
Flamejam, ao jantar, alguns hotéis da moda.

Num trem de praça arengam dois dentistas;
Um trôpego arlequim braceja numas andas;
Os querubins do lar flutuam nas varandas;
Às portas, em cabelo, enfadam-se os lojistas!

Vazam-se os arsenais e as oficinas;
Reluz, viscoso, o rio, apressam-se as obreiras;
E num cardume negro, hercúleas, galhofeiras,
Correndo com firmeza, assomam as varinas[26].

---

26. Vendedora de peixe, em Lisboa.

Vêm sacudindo as ancas opulentas!
Seus troncos varonis recordam-me pilastras;
E algumas, à cabeça, embalam nas canastras
Os filhos que depois naufragam nas tormentas.

Descalças! Nas descargas de carvão,
Desde manhã à noite, a bordo das fragatas!
E apinham-se num bairro por onde miam gatas
E o peixe podre gera os focos da infecção!

II. Noite fechada

Toca-se as grades, nas cadeias. Som
Que mortifica e deixa umas loucuras mansas!
O aljube, em que hoje estão velhinhas e crianças,
Bem raramente encerra uma mulher de "dom"!

E eu desconfio, até, de um aneurisma,
Tão mórbido me sinto, ao acender das luzes;
À vista das prisões, da velha Sé, das cruzes,
Chora-me o coração que se enche e que se abisma.

A espaços, iluminam-se os andares,
E as tascas, os cafés, as tendas, os estancos[27]

---

27. Tabacaria.

Alastram em lençol os seus reflexos brancos;
E a lua lembra o circo e os jogos malabares.

Duas igrejas num saudoso largo,
Lançam a nódoa negra e fúnebre do clero:
Nelas esfumo um torvo inquisidor, severo,
Assim que pela História eu me aventuro e alargo.

Na parte que abateu no terremoto,
Muram-me as construções retas, iguais, crescidas;
Afrontam-me, no resto, as íngremes subidas,
E os sinos dum tanger monástico e devoto.

Mas, num recinto público e vulgar,
Com bancos de namoro e exíguas pimenteiras,
Brônzeo, monumental, de proporções guerreiras,
Um épico d'outrora ascende, num pilar!

E eu sonho o Cólera, imagino a Febre,
Nesta acumulação de corpos enfezados;
Sombrios e espectrais recolhem os soldados;
Inflama-se um palácio em face de um casebre.

Partem patrulhas de cavalaria
Dos arcos dos quartéis que foram já conventos;
Idade Média! A pé, outras, a passos lentos,
Derramam-se por toda a capital, que esfria.

Triste cidade! Eu temo que me avives
Uma paixão defunta! Aos lampiões distantes,
Enlutam-me, alvejando, as tuas elegantes,
Curvadas, a sorrir às montras dos ourives.

E mais: as costureiras, as floristas
Descem dos *magasins*, causam-me sobressaltos;
Custa-lhes a elevar os seus pescoços altos
E muitas delas são comparsas ou coristas.

E eu, de luneta de uma lente só,
Eu acho sempre assunto a quadros revoltados:
Entro na *brasserie*; às mesas de emigrados,
Ao riso e à crua luz joga-se o dominó.

III. Ao gás

E saio. A noite pesa, esmaga. Nos
Passeios de lajedo arrastam-se as impuras.
Ó moles hospitais! Sai das embocaduras
Um sopro que arrepia os ombros quase nus.

Cercam-me as lojas, tépidas. Eu penso
Ver círios laterais, ver filas de capelas,
Com santos e fiéis, andores, ramos, velas,
Em uma catedral de um comprimento imenso.

As burguesinhas do Catolicismo
Resvalam pelo chão minado pelos canos;
E lembram-me, ao chorar doente dos pianos,
As freiras que os jejuns matavam de histerismo.

Num cuteleiro, de avental, ao torno,
Um forjador maneja um malho, rubramente;
E de uma padaria exala-se, inda quente,
Um cheiro salutar e honesto a pão no forno.

E eu que medito um livro que exacerbe,
Quisera que o real e a análise mo dessem;
Casas de confecções e modas resplandecem;
Pelas *vitrines* olha um ratoneiro imberbe.

Longas descidas! Não poder pintar
Com versos magistrais, salubres e sinceros,
A esguia difusão dos vossos reverberos,
E a vossa palidez romântica e lunar!

Que grande cobra, a lúbrica pessoa,
Que espartilhada escolhe uns chales com debuxo!
Sua excelência atrai, magnética, entre luxo,
Que ao longo dos balcões de mogno se amontoa.

E aquela velha, de bandós! Por vezes,
A sua *traîne* imita um leque antigo, aberto,

Nas barras verticais, a duas tintas. Perto,
Escarvam, à vitória[28], os seus mecklemburgueses[29].

Desdobram-se tecidos estrangeiros;
Plantas ornamentais secam nos mostradores:
Flocos de pós-de-arroz pairam sufocadores,
E em nuvens de cetins requebram-se os caixeiros.

Mas tudo cansa! Apagam-se nas frentes
Os candelabros, como estrelas, pouco a pouco;
Da solidão regouga um cauteleiro rouco;
Tornam-se mausoléus as armações fulgentes.

"Dó da miséria!... Compaixão de mim!..."
E nas esquinas, calvo, eterno, sem repouso,
Pede-me sempre esmola um homenzinho idoso,
Meu velho professor nas aulas de latim!

IV. Horas mortas

O teto fundo de oxigênio, d'ar,
Estende-se ao comprido, ao meio das trapeiras;
Vêm lágrimas de luz dos astros com olheiras,
Enleva-me a quimera azul de transmigrar.

---

28. Carruagem.
29. Cavalos de Mecklenburg, região da Alemanha.

Por baixo, que portões! Que arruamentos!
Um parafuso cai nas lajes, às escuras:
Colocam-se taipais, rangem as fechaduras,
E os olhos dum caleche espantam-me, sangrentos.

E eu sigo, como as linhas de uma pauta,
A dupla correnteza augusta das fachadas;
Pois sobem, no silêncio, infaustas e trinadas,
As notas pastoris de uma longínqua flauta.

Se eu não morresse, nunca! E eternamente
Buscasse e conseguisse a perfeição das cousas!
Esqueço-me a prever castíssimas esposas,
Que aninhem em mansões de vidro transparente!

Ó nossos filhos! Que de sonhos ágeis,
Pousando, vos trarão a nitidez às vidas!
Eu quero as vossas mães e irmãs estremecidas,
Numas habitações translúcidas e frágeis.

Ah! Como a raça ruiva do porvir,
E as frotas dos avós, e os nômadas ardentes,
Nós vamos explorar todos os continentes
E pelas vastidões aquáticas seguir!

Mas se vivemos, os emparedados,
Sem árvores, no vale escuro das muralhas!...

Julgo avistar, na treva, as folhas das navalhas
E os gritos de socorro ouvir estrangulados.

E nestes nebulosos corredores
Nauseiam-me, surgindo, os ventres das tabernas;
Na volta, com saudade, e aos bordos sobre as pernas,
Cantam, de braço dado, uns tristes bebedores.

Eu não receio, todavia, os roubos;
Afastam-se, à distância, os dúbios caminhantes;
E sujos, sem ladrar, ósseos, febris, errantes,
Amareladamente, os cães parecem lobos.

E os guardas, que revistam as escadas,
Caminham de lanterna e servem de chaveiros;
Por cima, as imorais, nos seus roupões ligeiros,
Tossem, fumando, sobre a pedra das sacadas.

E, enorme, nesta massa irregular
De prédios sepulcrais, com dimensões de montes,
A Dor humana busca os amplos horizontes,
E tem marés, de fel, como um sinistro mar!

De tarde

Naquele *pic-nic* de burguesas,
Houve uma coisa simplesmente bela,
E que, sem ter história nem grandezas,
Em todo o caso dava uma aquarela.

Foi quando tu, descendo do burrico,
Foste colher, sem imposturas tolas,
A um granzoal azul de grão-de-bico
Um ramalhete rubro de papoulas.

Pouco depois, em cima duns penhascos,
Nós acampamos, inda o sol se via;
E houve talhadas de melão, damascos,
E pão-de-ló molhado em malvasia.

Mas, todo púrpuro, a sair da renda
Dos teus dois seios como duas rolas,
Era o supremo encanto da merenda
O ramalhete rubro das papoulas!

Em petiz

I. De tarde

Mais morta do que viva, a minha companheira
Nem força teve em si para soltar um grito;
E eu, nesse tempo, um destro e bravo rapazito,
Como um homenzarrão servi-lhe de barreira!

Em meio de arvoredo, azenhas e ruínas,
Pulavam para a fonte as bezerrinhas brancas!
E, tetas a abanar, as mães, de largas ancas,
Desciam mais atrás, malhadas e turinas.

Do seio do lugar – casitas com postigos –
Vem-nos o leite. Mas batizam-no primeiro.
Leva-o, de madrugada, em bilhas, o leiteiro,
Cujo pregão vos tira ao vosso sono, amigos!

Nós dávamos, os dois, um giro pelo vale:
Várzeas, povoações, pegos, silêncios vastos!
E os fartos animais, ao recolher dos pastos,
Roçavam pelo teu *costume*[30] de *percale*[31].

---

30. Roupa social feminina, de saia e casaco geralmente de mesma cor.

31. Percal: tecido fino de algodão.

Já não receias tu essa vaquita preta,
Que eu segurei, prendi por um chavelho? Juro
Que estavas a tremer, cosida com o muro,
Ombros em pé, medrosa, e fina, de luneta!

II. Os irmãozinhos

Pois eu, que no deserto dos caminhos,
Por ti me expunha imenso, contra as vacas;
Eu, que apartava as mansas das velhacas,
Fugia com terror dos pobrezinhos!

Vejo-os no pátio, ainda! Ainda os ouço!
Os velhos, que nos rezam padre-nossos;
Os mandriões que rosnam, altos, grossos;
E os cegos que se apóiam sobre o moço.

Ah! Os ceguinhos com a cor dos barros,
Ou que a poeira no suor mascarra,
Chegam das feiras a tocar guitarra,
Rolam os olhos como dois escarros!

E os pobres metem medo! Os de marmita
Para forrar, por ano, alguns patacos,
Entrapam-se nas mantas com buracos,
Choramingando, a voz rachada, aflita.

Outros pedincham pelas cinco chagas;
E no poial[32], tirando as ligaduras,
Mostram as pernas pútridas, maduras,
Com que se arrastam pelas azinhagas!

Querem viver! E picam-se nos cardos;
Correm as vilas; sobem os outeiros;
E às horas de calor, nos esterqueiros,
De roda deles zumbem os moscardos.

Aos sábados, os monstros, que eu lamento,
Batiam ao portão com seus cajados;
E um aleijado, com os pés quadrados,
Pedia-nos de cima de um jumento.

O resmungão! Que barbas! Que sacolas!
Cheirava a migas, a bafio, a arrotos;
Dormia as noites por telheiros rotos,
E sustentava o burro a pão d'esmolas.

*

Ó minha loura e doce como um bolo!
Afável hóspeda na nossa casa,
Logo que a tórrida cidade abrasa,
Como um enorme forno de tijolo!

---

32. Banco de pedra na entrada de uma casa.

Tu visitavas, esmoler, garrida,
Umas crianças num casal queimado;
E eu, pela estrada, espicaçava o gado,
Numa atitude esperta, decidida.

Por lobisomens, por papões, por bruxas,
Nunca sofremos o menor receio.
Temíeis vós, porém, o meu asseio,
Mendigazitas sórdidas, gorduchas!

Vícios, sezões, epidemias, furtos,
Decerto, fermentavam entre lixos;
Que podridão cobria aqueles bichos!
E que luar nos teus fatinhos curtos!

*

Sei duma pobre, apenas, sem desleixos,
Ruça, descalça, a trote nos atalhos,
E que lavava o corpo e os seus retalhos
No rio, ao pé dos choupos e dos freixos.

E a doida a quem chamavam a "Ratada"
E que falava só! Que antipatia!
E se com ela a malta contendia,
Quanta indecência! Quanta palavrada!

Uns operários, nestes descampados,
Também surdiam, de chapéu de coco,
Dizendo-se, de olhar rebelde e louco,
Artistas despedidos, desgraçados.

Muitos! E um bêbado – o Camões – que fora
Rico, e morreu a mendigar, zarolho,
Com uma pala verde sobre um olho!
Tivera ovelhas, bois, mulher, lavoura.

E o resto? Bandos de selvagenzinhos:
Um nu que se gabava de maroto;
Um que, cortada a mão, coçava o coto,
E os bons que nos tratavam por padrinhos.

Pediam fatos, botas, cobertores!
Outro jogava bem o pau, e vinha
Chorar, humilde, junto da cozinha!
"Cinco reizinhos!... Nobres benfeitores!..."

E quando alguns ficavam nos palheiros,
E de manhã catavam os piolhos:
Enquanto o sol batia nos restolhos
E os nossos cães ladravam, rezingueiros!

Hoje entristeço. Lembro-me dos coxos,
Dos surdos, dos manhosos, dos manetas.

Sulcavam as calçadas as muletas;
Cantavam, no pomar, os pintarroxos!

III. Histórias

Cismático, doente, azedo, apoquentado,
Eu agourava o crime, as facas, a enxovia,
Assim que um besuntão[33] dos tais se apercebia
Da minha blusa azul e branca, de riscado.

Mináveis, ao serão, a cabecita loura,
Com contos de província, ingênuas criaditas:
Quadrilhas assaltando as quintas mais bonitas,
E pondo a gente fina, em postas, de salmoura!

Na noite velha, a mim, como tições ardendo,
Fitavam-me os olhões pesados das ciganas;
Deitavam-nos o fogo aos prédios e arribanas;
Cercava-me um incêndio ensangüentado, horrendo.

E eu que era um cavalão, eu que fazia pinos,
Eu que jogava a pedra, eu que corria tanto,
Sonhava que os ladrões, homens de quem m'espanto,
Roubavam para azeite a carne dos meninos!

---

33. Porcalhão.

E protegia-te eu, naquele outono brando,
Mal tu sentias, entre as serras esmoitadas,
Gritos de maiorais, mugidos de boiadas,
Branca de susto, meiga e míope, estacando!

Nós

A A. da S. V.

I

Foi quando em dois verões, seguidamente, a Febre
E o Cólera também andaram na cidade,
Que esta população, com um terror de lebre,
Fugiu da capital, como da tempestade.

Ora, meu pai, depois das nossas vidas salvas
(Até então nós só tivéramos sarampo),
Tanto nos viu crescer entre uns montões de malvas
Que ele ganhou por isso um grande amor ao campo!

Se acaso o conta, ainda a fronte se lhe enruga:
O que se ouvia sempre era o dobrar dos sinos;
Mesmo no nosso prédio, os outros inquilinos
Morreram todos. Nós salvamo-nos na fuga.

Na parte mercantil, foco da epidemia,
Um pânico! Nem um navio entrava a barra,
A alfândega parou, nenhuma loja abria,
E os turbulentos cais cessaram a algazarra.

Pela manhã, em vez dos trens dos batizados,
Rodavam sem cessar as seges dos enterros.
Que triste a sucessão dos armazéns fechados!
Como um domingo inglês na *city*, que desterros!

Sem canalização, em muitos burgos ermos,
Secavam dejeções cobertas de mosqueiros.
E os médicos, ao pé dos padres e coveiros,
Os últimos fiéis, tremiam dos enfermos!

Uma iluminação a azeite de purgueira[34],
De noite, amarelava os prédios macilentos.
Barricas d'alcatrão ardiam; de maneira
Que tinham tons d'inferno outros arruamentos.

Porém, lá fora, à solta, exageradamente,
Enquanto acontecia essa calamidade,
Toda a vegetação, pletórica, potente,
Ganhava imenso com a enorme mortandade!

Num ímpeto de seiva os arvoredos fartos,
Numa opulenta fúria as novidades todas,
Como uma universal celebração de bodas,
Amaram-se! E depois houve soberbos partos.

---

34. Pinheiro-de-purga, de onde se extraía o *azeite de purgueira* usado na iluminação. (Lello)

Por isso, o chefe antigo e bom da nossa casa,
Triste d'ouvir falar em órfãos e viúvas,
E em permanência olhando o horizonte em brasa,
Não quis voltar senão depois das grandes chuvas.

Ele, dum lado, via os filhos achacados,
Um lívido flagelo e uma moléstia horrenda!
E via, do outro, eiras, lezírias, prados,
E um salutar refúgio e um lucro na vivenda!

E o campo, desde então, segundo o que me lembro,
É todo o meu amor de todos estes anos!
Nós vamos para lá; somos provincianos,
Desde o calor de maio aos frios de novembro.

II

Que de fruta! E que fresca e temporã,
Nas duas boas quintas bem muradas,
Em que o sol, nos talhões e nas latadas,
Bate de chapa, logo de manhã!

O laranjal de folhas negrejantes
(Porque os terrenos são resvaladiços)
Desce em socalcos todos os maciços,
Como uma escadaria de gigantes.

Das courelas[35], que criam cereais,
De que os donos – ainda! – pagam foros,
Dividem-no fechados pitosporos[36],
Abrigos de raízes verticais.

Ao meio, a casaria branca assenta
À beira da calçada, que divide
Os escuros pomares de pevide[37],
Da vinha numa encosta soalhenta!

Entretanto, não há maior prazer
Do que, na placidez das duas horas,
Ouvir e ver, entre o chiar das noras,
No largo tanque as bicas a correr!

Muito ao fundo, entre olmeiros seculares,
Seca o rio! Em três meses d'estiagem,
O seu leito é um atalho de passagem,
Pedregosíssimo, entre dois lugares.

Como lhe luzem seixos e burgaus[38]
Roliços! Marinham nas ladeiras
Os renques africanos das piteiras[39],
Que como aloés espigam altos paus!

---

35. Terra cultivada, comprida e estreita.
36. Arbusto ornamental.
37. Semente de frutos carnosos.
38. Cascalho.
39. Agave.

Montanhas inda mais longinquamente,
Com restevas, e combros como boças,
Lembram cabeças estupendas, grossas,
De cabelo grisalho, muito rente.

E, a contrastar, nos vales, em geral,
Como em vidraça duma enorme estufa,
Tudo se atrai, se impõe, alarga e entufa,
Duma vitalidade equatorial!

Que de frugalidade nós criamos!
Que torrão espontâneo que nós somos!
Pela outonal maturação dos pomos,
Com a carga, no chão pousam os ramos.

E assim postas, nos barros e areais,
As maceiras[40] vergadas fortemente,
Parecem, duma fauna surpreendente,
Os pólipos enormes, diluviais.

Contudo, nós não temos na fazenda
Nem uma planta só de mero ornato!
Cada pé mostra-se útil, é sensato,
Por mais finos aromas que recenda!

---

40. Macieira. Em abono do paralelismo, Aurélio Buarque de Holanda cita esta estrofe de Cesário.

Finalmente, na fértil depressão,
Nada se vê que a nossa mão não regre:
A florescência dum matiz alegre
Mostra um sinal – a frutificação!

*

Ora, há dez anos, neste chão de lava
E argila e areia e aluviões dispersas,
Entre espécies botânicas diversas,
Forte, a nossa família radiava!

Unicamente, a minha doce irmã,
Como uma tênue e imaculada rosa,
Dava a nota galante e melindrosa
Na trabalheira rústica, aldeã.

E foi num ano pródigo, excelente,
Cuja amargura nada sei que adoce,
Que nós perdemos essa flor precoce,
Que cresceu e morreu rapidamente!

Ai daqueles que nascem neste caos,
E, sendo fracos, sejam generosos;
As doenças assaltam os bondosos
E – custa a crer – deixam viver os maus!

*

Fecho os olhos cansados, e descrevo
Das telas da memória retocadas,
Biscates, hortas, batatais, latadas,
No país montanhoso, com relevo!

Ah! Que aspectos benignos e rurais
Nesta localidade tudo tinha,
Ao ires, com o banco de palhinha,
Para a sombra que faz nos parreirais!

Ah! Quando a calma, à sesta, nem consente
Que uma folha se mova ou se desmanche,
Tu, refeita e feliz com o teu *lunch*,
Nos ajudavas voluntariamente!...

Era admirável – neste grau do Sul! —
Entre a rama avistar teu rosto alvo,
Ver-te escolhendo a uva diagalvo[41],
Que eu embarcava para Liverpool.

A exportação de frutas era um jogo!
Dependiam da sorte do mercado
O boal[42], que é de pérolas formado,
E o ferral[43], que é ardente e cor de fogo!

---

41. *Diagálves:* variedade de uva branca – provável corruptela de Diogo Alves. (Lello e Moraes)
42. Variedade de uva branca e doce. (Lello)
43. Variedade de uva arroxeada e resistente, própria de latadas. (Lello)

Em agosto, ao calor canicular,
Os pássaros e enxames tudo infestam;
Tu cortavas os bagos que não prestam
Com a tua tesoura de bordar.

Douradas, pequeninas, as abelhas,
E negros, volumosos, os besouros,
Circundavam, com ímpetos de touros,
As tuas candidíssimas orelhas.

Se uma vespa lançava o seu ferrão
Na tua cútis – pétala de leite! –
Nós colocávamos dez réis e azeite
Sobre a galante, a rósea inflamação!

E se um de nós, já farto, arrenegado,
Com o chapéu caçava a bicharia,
Cada zangão voando, à luz do dia,
Lembrava o teu dedal arremessado.

*

Que d'encantos! Na força do calor
Desabrochavas no padrão da bata,
E, surgindo da gola e da gravata,
Teu pescoço era o caule duma flor!

Mas que cegueira a minha! Do teu porte
A fina curva, a indefinida linha,
Com bondades d'herbívora mansinha,
Eram prenúncios de fraqueza e morte!

À procura da libra e do *shilling*,
Eu andava abstrato e sem que visse
Que o teu alvor romântico de *miss*
Te obrigava a morrer antes de mim!

E antes tu, ser lindíssimo, nas faces
Tivesses "pano"[44] como as camponesas;
E sem brancuras, sem delicadezas,
Vigorosa e plebéia, inda durasses!

Uns modos de carnívora feroz
Podias ter, em vez de inofensivos;
Tinhas caninos, tinhas incisivos,
E podias ser rude como nós!

Pois neste sítio, que era de sequeiro,
Todo o gênero ardente resistia,
E, à larguíssima luz do meio-dia,
Tomava um tom opálico e trigueiro!

---

44. No provável sentido de manchas no rosto.

*

Sim! Europa do Norte, o que supões
Dos vergéis que abastecem teus banquetes,
Quando às docas, com frutas, os paquetes
Chegam antes das tuas estações?!

Oh! As ricas *primeurs* da nossa terra
E as suas frutas ácidas, tardias,
No azedo amoniacal das queijarias
Dos fleumáticos *farmers* d'Inglaterra!

Ó cidades fabris, industriais,
De nevoeiros, poeiradas de hulha,
Que pensais do país que vos atulha
Com a fruta que sai dos seus quintais?

Todos os anos, que frescor se exala!
Abundâncias felizes que eu recordo!
Carradas brutas que iam para bordo!
Vapores por aqui fazendo escala!

Uma alta parreira moscatel
Por doce não servia para embarque:
Palácios que rodeiam Hyde Park[45],
Não conheceis esse divino mel!

---

45. Parque londrino.

Pois a Coroa, o Banco, o Almirantado,
Não as têm nas florestas em que há corças,
Nem em vós que dobrais as vossas forças,
Pradarias dum verde ilimitado!

Anglos-saxônios, tendes que invejar!
Ricos suicidas, comparai convosco:
Aqui tudo espontâneo, alegre, tosco,
Facílimo, evidente, salutar!

Oponde às regiões que dão os vinhos
Vossos montes d'escórias inda quentes!
E as febris oficinas estridentes
Às nossas tecelagens e moinhos!

E ó condados mineiros! Extensões
Carboníferas! Fundas galerias!
Fábricas a vapor! Cutelarias!
E mecânicas, tristes fiações!

Bem sei que preparais corretamente
O aço e a seda, as lâminas e o estofo;
Tudo o que há de mais dúctil, de mais fofo,
Tudo o que há de mais rijo e resistente!

Mas isso tudo é falso, é maquinal,
Sem vida, como um círculo ou um quadrado,
Com essa perfeição do fabricado,
Sem o ritmo do vivo e do real!

E cá o santo sol, sobre isso tudo,
Faz conceber as verdes ribanceiras;
Lança as rosáceas belas e fruteiras
Nas searas de trigo palhagudo!

Uma aldeia daqui é mais feliz,
Londres sombria, em que cintila a corte!...
Mesmo que tu, que vives a compor-te,
Grande seio arquejante de Paris!

Ah! Que de glória, que de colorido,
Quando, por meu mandado e meu conselho,
Cá se empapelam as "maças d'espelho"
Que Herbert Spencer[46] talvez tenha comido!

Para alguns são prosaicos, são banais
Estes versos de fibra suculenta;
Como se a polpa que nos dessedenta
Nem ao menos valesse uns madrigais!

---

46. Filósofo inglês (1820-1903).

Pois o que a boca trava com surpresas
Senão as frutas tônicas e puras!
Ah! Num jantar de carnes e gorduras
A graça vegetal das sobremesas!...

Jack, marujo inglês, tu tens razão
Quando, ancorando em portos como os nossos,
As laranjas com cascas e caroços
Comes com bestial sofreguidão!

*

A impressão doutros tempos, sempre viva,
Dá estremeções no meu passado morto,
E inda viajo, muita vez, absorto,
Pelas várzeas da minha retentiva.

Então recordo a paz familiar,
Todo um painel pacífico d'enganos!
E a distância fatal duns poucos anos
É uma lente convexa, d'aumentar.

Todos os tipos mortos ressuscito!
Perpetuam-se assim alguns minutos!
E eu exagero os casos diminutos
Dentro dum véu de lágrimas bendito.

Pinto quadros por letras, por sinais,
Tão luminosos com os do Levante,
Nas horas em que a calma é mais queimante,
Na quadra em que o verão aperta mais.

Como destacam, vivas, certas cores,
Na vida externa cheia d'alegrias!
Horas, vozes, locais, fisionomias,
As ferramentas, os trabalhadores!

Aspiro um cheiro a cozedura, e a lar
E a rama de pinheiro! Eu adivinho
O resinoso, o tão agreste pinho
Serrado nos pinhais da beira-mar.

Vinha cortada, aos feixes, a madeira,
Cheia de nós, d'imperfeições, de rachas;
Depois armavam-se, num pronto, as caixas,
Sob uma calma espessa e calaceira.

Feias e fortes! Punham-lhes papel,
A forrá-las. E em grossa serradura
Acamava-se a uva prematura
Que não deve servir para tonel!

Cingiam-nas com arcos de castanho
Nas ribeiras cortados, nos riachos;
E eram d'açúcar e calor os cachos,
Criados pelo esterco e pelo amanho!

Ó pobre estrume, como tu compões
Estes pâmpanos doces como afagos!
"Dedos de dama": transparentes bagos!
"Tetas de cabra": lácteas carnações!

E não eram caixitas bem dispostas
Como as passas de Málaga e Alicante;
Com sua forma estável, ignorante,
Estas pesavam, brutalmente, às costas!

Nos vinhatórios via fulgurar,
Com tanta cal que torna as vistas cegas,
Os paralelogramas das adegas,
Que têm lá dentro as dornas e o lagar!

Que rudeza! Ao ar livre dos estios,
Que grande azáfama! Apressadamente
Como soava um martelar freqüente,
Véspera da saída dos navios!

Ah! Ninguém entender que ao meu olhar
Tudo tem certo espírito secreto!
Com folhas de saudades um objeto
Deita raízes duras de arrancar!

As navalhas de volta, por exemplo,
Cujo bico de pássaro se arqueia,
Forjadas no casebre duma aldeia,
São antigas amigas que eu contemplo!

Elas, em seu labor, em seu lidar,
Com sua ponta como a das podoas[47],
Serviam probas, úteis, dignas, boas,
Nunca tintas de sangue e de matar.

E as enxós de martelo, que dum lado
Cortavam mais do que as enxadas cavavam,
Por outro lado, rápidas, pregavam,
Duma pancada, o prego fasquiado!

O meu ânimo verga na abstração,
Com a espinha dorsal dobrada ao meio;
Mas se de materiais descubro um veio
Ganho a musculatura dum Sansão!

---

47. Podão.

E assim – e mais no povo a vida é corna –
Amo os ofícios como o de ferreiro,
Com seu fole arquejante, seu braseiro,
Seu malho retumbante na bigorna!

E sinto, se me ponho a recordar
Tanto utensílio, tantas perspectivas,
As tradições antigas, primitivas,
E a formidável alma popular!

Oh! Que brava alegria eu tenho, quando
Sou tal qual como os mais! E, sem talento,
Faço um trabalho técnico, violento,
Cantando, praguejando, batalhando!

*

Os fruteiros, tostados pelos sóis,
Tinham passado, muita vez, a raia,
E, espertos, entre os mais da sua laia,
– Pobres campônios – eram uns heróis.

E por isso, com frases imprevistas,
E colorido e estilo e valentia,
As *haciendas* que há na Andaluzia
Pintavam como novos paisagistas.

De como às calmas, nessas excursões,
Tinham águas salobras por refrescos;
E amarelos, enormes, gigantescos,
Lá batiam o queixo com sezões!

Tinham corrido já na adusta Espanha,
Todo um fértil platô sem arvoredos,
Onde armavam barracas nos vinhedos,
Como tendas alegres de campanha.

Que pragas castelhanas, que alegrão,
Quando contavam cenas de pousadas!
Adoravam as cintas encarnadas
E as cores, como os pretos do sertão!

E tinham, sem que a lei a tal obrigue,
A educação vistosa das viagens!
Uns por terra partiam, e estalagens,
Outros, aos montes, no convés dum brigue!

Só um havia, triste e sem falar
Que arrastava a maior misantropia,
E, roxo como um fígado, bebia
O vinho tinto que eu mandava dar!

Pobre da minha geração exangue
De ricos! Antes, como os abrutados,
Andar com uns sapatos ensebados,
E ter riqueza química no sangue!

*

Mas hoje a rústica lavoura, quer
Seja o patrão, quer seja o jornaleiro,
Que inferno! Em vão o lavrador rasteiro
E a filharada lidam, e a mulher!

Desde o princípio ao fim é uma maçada
De mil demônios! Torna-se preciso
Ter-se muito vigor, muito juízo
Para trazer a vida equilibrada!

Hoje eu sei quanto custam a criar
As cepas, desde que eu as podo e empo.
Ah! O campo não é um passatempo
Com bucolismos, rouxinóis, luar.

A nós tudo nos rouba e nos dizima;
O rapazio, o imposto, as pardaladas,
As osgas[48] peçonhentas, achatadas,
E as abelhas que engordam na vindima.

---

48. Lagartixa.

E o pulgão, a lagarta, os caracóis,
E há ainda, além do mais com que se ateima,
As intempéries, o granizo, a queima,
E a concorrência com os espanhóis.

Na venda, os vinhateiros d'Almeria[49]
Competem contra os nossos fazendeiros;
Dão frutas aos leilões dos estrangeiros,
Por uma cotação que nos desvia!

Pois tantos contras, rudes como são,
Forte e teimoso, o camponês destrói-os!
Venham de lá pesados os comboios
E os *buques* estivados no porão!

Não, não é justo que eu a culpa lance
Sobre estes nadas! Puras bagatelas!
Nós não vivemos só de coisas belas,
Nem tudo corre como num romance!

Para a Terra parir há de ter dor,
E é para obter as ásperas verdades,
Que os agrônomos cursam nas cidades,
E, à sua custa, aprende o lavrador.

---

49. Porto espanhol e centro produtor de frutas, na Andaluzia.

Ah! Não eram insetos nem as aves
Que nos dariam dias tão difíceis,
Se vós, sábios, na gente descobrísseis
Como se curam as doenças graves.

Não valem nada a cava, a enxofra[50], e o mais!
Dificultoso trato das searas!
Lutas constantes sobre as jornas[51] caras!
Compras de bois nas feiras anuais!

O que a alegria em nós destrói e mata,
Não é rede arrastante d'escalracho[52],
Nem é suão[53] queimante como um facho,
Nem invasões bulbosas d'erva-pata[54].

Podia ter secado o poço em que eu
Me debruçava e te pregava sustos,
E mais as ervas, árvores e arbustos
Que – tanta vez! – a tua mão colheu.

---

50. O ato de polvilhar a plantação com enxofre.
51. Salário diário.
52. Gramínea nociva às searas.
53. Vento quente que sopra do sul.
54. Planta da família das oxalidáceas (Lello).

"Moléstia negra" nem *charbon*[55] não era,
Como um archote incendiando as parras!
Tampouco as bastas e invisíveis garras,
Da enorme legião da filoxera![56]

Podiam mesmo, com o que contêm,
Os muros ter caído às invernias!
Somos fortes! As nossas energias
Tudo vencem e domam muito bem!

Que os rios, sim, que como touros mugem,
Transbordando atulhassem as regueiras!
Chorassem de resina as laranjeiras!
Enegrecessem outras com ferrugem[57]!

As turvas cheias de novembro, em vez
Do nateiro sutil que fertiliza,
Fossem a inundação que tudo pisa,
No rebanho afogassem muita rês!

Ah! Nesse caso pouco se perdera,
Pois isso tudo era um pequeno dano,
À vista do cruel destino humano
Que os dedos te fazia como cera!

---

55. Doenças que atacam a planta, produzidas por cogumelos.

56. Praga da videira.

57. Designação de várias doenças de plantas cultivadas.

Era essa tísica em terceiro grau,
Que nos enchia a todos de cuidado,
Te curvava e te dava um ar alado
Como quem vai voar dum mundo mau.

Era a desolação que inda nos mina
(Porque o fastio é bem pior que a fome)
Que a meu pai deu a curva que o consome,
E a minha mãe cabelos de platina.

Era a clorose, esse tremendo mal,
Que desertou e que tornou funesta
A nossa branca habitação em festa,
Reverberando à luz meridional.

Não desejemos – nós, os sem defeitos –
Que os tísicos pereçam! Má teoria,
Se pelos meus o apuro principia,
Se a Morte nos procura em nossos leitos!

A mim mesmo, que tenho a pretensão
De ter saúde, a mim que adoro a pompa
Das forças, pode ser que se me rompa
Uma artéria, e me mine uma lesão.

Nós outros, teus irmãos, teus companheiros,
Vamos abrindo um matagal de dores!
E somos rijos como os serradores
E positivos como os engenheiros!

Porém, hostis, sobressaltados, sós,
Os homens arquitetam mil projetos
De vitória! E eu duvido que os meus netos
Morram de velhos como os meus avós!

Porque, parece, ou fortes, ou velhacos,
Serão apenas os sobreviventes;
E há pessoas sinceras e clementes,
E troncos grossos com seus ramos fracos!

E que fazer, se a geração decai!
Se a seiva genealógica se gasta!
Tudo empobrece! Extingue-se uma casta!
Morre o filho primeiro do que o pai!

Mas seja como for, tudo se sente
Da tua ausência! Ah! como o ar nos falta,
Ó flor cortada, suscetível, alta,
Que assim secaste prematuramente!

Eu que de vezes tenho o desprazer
De refletir no túmulo! E medito
No eterno Incognoscível infinito,
Que as idéias não podem abranger!

Como em paul em que nem cresça a junca,
Sei d'almas estagnadas! Nós, absortos,
Temos ainda o culto pelos Mortos,
Esses ausentes que não voltam nunca!

Nós ignoramos, sem religião,
Ao rasgarmos caminho, a fé perdida,
Se te vemos ao fim desta avenida,
Ou essa horrível aniquilação!...

E ó minha mártir, minha virgem, minha
Infeliz e celeste criatura,
Tu lembras-nos de longe a paz futura,
No teu jazigo, como uma santinha!

E enquanto a mim, és tu que substituis
Todo o mistério, toda a santidade,
Quando em busca do reino da verdade
Eu ergo o meu olhar aos céus azuis!

III

Tínhamos nós voltado à capital maldita,
Eu vinha de polir isto tranqüilamente,
Quando nos sucedeu uma cruel desdita,
Pois um de nós caiu, de súbito, doente.

Uma tuberculose abrira-lhe cavernas!
Dá-me rebate ainda o seu tossir profundo!
E eu sempre lembrarei, triste, as palavras ternas,
Com que se despediu de todos e do mundo!

Pobre rapaz robusto e cheio de futuro!
Não sei dum infortúnio imenso como o seu!
Viu o seu fim chegar como um medonho muro,
E, sem querer, aflito e atônito, morreu!

De tal maneira que hoje, eu desgostoso e azedo
Com tanta crueldade e tantas injustiças,
Se inda trabalho é como os presos no degredo,
Com planos de vingança e idéias insubmissas.

E agora, de tal modo a minha vida é dura,
Tenho momentos maus, tão tristes, tão perversos,
Que sinto só desdém pela Literatura,
E até desprezo e esqueço os meus amados versos!

Provincianas

I

Olá! Bons dias! Em março,
Que mocetona e que jovem
A terra! Que amor esparso
Corre os trigos, que se movem
Às vagas dum verde garço!

Como amanhece! Que meigas
As horas antes de almoço!
Fartam-se as vacas nas veigas
E um pasto orvalhado e moço
Produz as novas manteigas.

Toda a paisagem se doura;
Tímida ainda, que fresca!
Bela mulher, sim senhora,
Nesta manhã pitoresca,
Primaveril, criadora!

Bom sol! As sebes d'encosto
Dão madressilvas cheirosas
Que entontecem como um mosto.
Floridas, às espinhosas
Subiu-lhes o sangue ao rosto.

Cresce o relevo dos montes,
Como seios ofegantes;
Murmuram como umas fontes
Os rios que dias antes
Bramiam, galgando pontes.

E os campos, milhas e milhas,
Com povos d'espaço a espaço,
Fazem-se às mil maravilhas:
Dir-se-ia o mar de sargaço
Glauco, ondulante, com ilhas!

Pois bem. O inverno deixou-nos.
É certo. E os grãos e as sementes
Que ficam d'outros outonos
Acordam hoje frementes
Depois duns poucos de sonos.

Mas nem tudo são descantes;
Por esses longos caminhos,
Entre favais palpitantes,
Há solos bravos, maninhos,
Que expulsam seus habitantes!

É nesta quadra d'amores
Que emigram os jornaleiros
Ganhões e trabalhadores!

Passam clãs de forasteiros
Nas terras de lavradores.

Tal como existem mercados
Ou feiras, semanalmente,
Para comprarmos os gados,
Assim há praças de gente
Pelos domingos calados!

Enquanto a ovelha arredonda,
Vão tribos de sete filhos,
Por várzeas que fazem onda,
Para as derregas dos milhos
E molhadelas da monda.

De roda pulam borregos;
Enchem então as cardosas
As moças desses labregos,
Com altas botas barrosas
De se atirarem aos regos!

Ei-las que vêm às manadas,
Com caras de sofrimento,
Nas grandes marchas forçadas!
Vêm ao trabalho, ao sustento,
Com foices, sachos, enxadas.

Ai! o palheiro das servas,
Se o feitor lhe tira as chaves!
Elas chegam às catervas,
Quando acasalam as aves
E se fecundam as ervas!...

II

Ao meio-dia na cama,
Branca fidalga, o que julga
Das pequenas da sua ama?!
Vivem minadas de pulga,
Negras do tempo e da lama.

Não é caso que a comova
Ver suas irmãs de leite,
Quer faça frio, quer chova,
Sem uma mamã que as deite
Na tepidez duma alcova?!

......................................[58]

---

58. Poesia incompleta, os últimos versos de C. V..

Coleção **L&PM** POCKET (Lançamentos mais recentes)

05. **Você deve desistir, Osvaldo** – Cyro Martins
06. **Memórias de Garibaldi** – A. Dumas
07. **A arte da guerra** – Sun Tzu
08. **Fragmentos** – Caio Fernando Abreu
09. **Festa no castelo** – Moacyr Scliar
0. **O grande deflorador** – Dalton Trevisan
2. **Homem do princípio ao fim** – Millôr Fernandes
3. **Aline e seus dois namorados** – A. Iturrusgarai
4. **A juba do leão** – Sir Arthur Conan Doyle
5. **Assassino metido a esperto** – R. Chandler
6. **Confissões de um comedor de ópio** – T. De Quincey
7. **Os sofrimentos do jovem Werther** – Goethe
8. **Fedra** – Racine / Trad. Millôr Fernandes
9. **O vampiro de Sussex** – Conan Doyle
0. **Sonho de uma noite de verão** – Shakespeare
1. **Dias e noites de amor e de guerra** – Galeano
2. **O Profeta** – Khalil Gibran
3. **Flávia, cabeça, tronco e membros** – M. Fernandes
4. **Guia da ópera** – Jeanne Suhamy
5. **Macário** – Álvares de Azevedo
6. **Etiqueta na prática** – Celia Ribeiro
7. **Manifesto do partido comunista** – Marx & Engels
8. **Poemas** – Millôr Fernandes
9. **Um inimigo do povo** – Henrik Ibsen
0. **O paraíso destruído** – Frei B. de las Casas
1. **O gato no escuro** – Josué Guimarães
2. **O mágico de Oz** – L. Frank Baum
3. **Armas no Cyrano's** – Raymond Chandler
4. **Max e os felinos** – Moacyr Scliar
5. **Nos céus de Paris** – Alcy Cheuiche
6. **Os bandoleiros** – Schiller
7. **A primeira coisa que eu botei na boca** – Deonísio da Silva
8. **As aventuras de Simbad, o marujo**
9. **O retrato de Dorian Gray** – Oscar Wilde
0. **A carteira de meu tio** – J. Manuel de Macedo
1. **A luneta mágica** – J. Manuel de Macedo
2. **A metamorfose** – Kafka
3. **A flecha de ouro** – Joseph Conrad
4. **A ilha do tesouro** – R. L. Stevenson
5. **Marx - Vida & Obra** – José A. Giannotti
6. **Gênesis**
7. **Unidos para sempre** – Ruth Rendell
8. **A arte de amar** – Ovídio
9. **O sono eterno** – Raymond Chandler
 Novas receitas do Anonymus Gourmet – J.A.P.M.
 A nova catacumba – Arthur Conan Doyle
0. **O dr. Negro** – Arthur Conan Doyle
 Os voluntários – Moacyr Scliar
 A bela adormecida – Irmãos Grimm
 O príncipe sapo – Irmãos Grimm
 Confissões e Memórias – H. Heine
 Viva o Alegrete – Sergio Faraco
 Vou estar esperando – R. Chandler
 A senhora Beate e seu filho – Schnitzler
 O ovo apunhalado – Caio Fernando Abreu
 O ciclo das águas – Moacyr Scliar
 Millôr Definitivo – Millôr Fernandes
 Viagem ao centro da Terra – Júlio Verne

265. **A dama do lago** – Raymond Chandler
266. **Caninos brancos** – Jack London
267. **O médico e o monstro** – R. L. Stevenson
268. **A tempestade** – William Shakespeare
269. **Assassinatos na rua Morgue** – E. Allan Poe
270. **99 corruíras nanicas** – Dalton Trevisan
271. **Broquéis** – Cruz e Sousa
272. **Mês de cães danados** – Moacyr Scliar
273. **Anarquistas – vol. 1 – A idéia** – G. Woodcock
274. **Anarquistas – vol. 2 – O movimento** – G Woodcock
275. **Pai e filho, filho e pai** – Moacyr Scliar
276. **As aventuras de Tom Sawyer** – Mark Twain
277. **Muito barulho por nada** – W. Shakespeare
278. **Elogio da loucura** – Erasmo
279. **Autobiografia de Alice B. Toklas** – G. Stein
280. **O chamado da floresta** – J. London
281. **Uma agulha para o diabo** – Ruth Rendell
282. **Verdes vales do fim do mundo** – A. Bivar
283. **Ovelhas negras** – Caio Fernando Abreu
284. **O fantasma de Canterville** – O. Wilde
285. **Receitas de Yayá Ribeiro** – Celia Ribeiro
286. **A galinha degolada** – H. Quiroga
287. **O último adeus de Sherlock Holmes** – A. Conan Doyle
288. **A. Gourmet *em* Histórias de cama & mesa** – J. A. Pinheiro Machado
289. **Topless** – Martha Medeiros
290. **Mais receitas do Anonymus Gourmet** – J. A. Pinheiro Machado
291. **Origens do discurso democrático** – D. Schüler
292. **Humor politicamente incorreto** – Nani
293. **O teatro do bem e do mal** – E. Galeano
294. **Garibaldi & Manoela** – J. Guimarães
295. **10 dias que abalaram o mundo** – John Reed
296. **Numa fria** – Charles Bukowski
297. **Poesia de Florbela Espanca** vol. 1
298. **Poesia de Florbela Espanca** vol. 2
299. **Escreva certo** – E. Oliveira e M. E. Bernd
300. **O vermelho e o negro** – Stendhal
301. **Ecce homo** – Friedrich Nietzsche
302(7). **Comer bem, sem culpa** – Dr. Fernando Lucchese, A. Gourmet e Iotti
303. **O livro de Cesário Verde** – Cesário Verde
305. **100 receitas de macarrão** – S. Lancellotti
306. **160 receitas de molhos** – S. Lancellotti
307. **100 receitas light** – H. e Â. Tonetto
308. **100 receitas de sobremesas** – Celia Ribeiro
309. **Mais de 100 dicas de churrasco** – Leon Diziekaniak
310. **100 receitas de acompanhamentos** – C. Cabeda
311. **Honra ou vendetta** – S. Lancellotti
312. **A alma do homem sob o socialismo** – Oscar Wilde
313. **Tudo sobre Yôga** – Mestre De Rose
314. **Os varões assinalados** – Tabajara Ruas
315. **Édipo em Colono** – Sófocles
316. **Lisístrata** – Aristófanes / trad. Millôr
317. **Sonhos de Bunker Hill** – John Fante
318. **Os deuses de Raquel** – Moacyr Scliar
319. **O colosso de Maróssia** – Henry Miller

320. As eruditas – Molière / trad. Millôr
321. Radicci 1 – Iotti
322. Os Sete contra Tebas – Ésquilo
323. Brasil Terra à vista – Eduardo Bueno
324. Radicci 2 – Iotti
325. Júlio César – William Shakespeare
326. A carta de Pero Vaz de Caminha
327. Cozinha Clássica – Silvio Lancellotti
328. Madame Bovary – Gustave Flaubert
329. Dicionário do viajante insólito – M. Scliar
330. O capitão saiu para o almoço... – Bukowski
331. A carta roubada – Edgar Allan Poe
332. É tarde para saber – Josué Guimarães
333. O livro de bolso da Astrologia – Maggy Harrisonx e Mellina Li
334. 1933 foi um ano ruim – John Fante
335. 100 receitas de arroz – Aninha Comas
336. Guia prático do Português correto – vol. 1 – Cláudio Moreno
337. Bartleby, o escriturário – H. Melville
338. Enterrem meu coração na curva do rio – Dee Brown
339. Um conto de Natal – Charles Dickens
340. Cozinha sem segredos – J. A. P. Machado
341. A dama das Camélias – A. Dumas Filho
342. Alimentação saudável – H. e Â. Tonetto
343. Continhos galantes – Dalton Trevisan
344. A Divina Comédia – Dante Alighieri
345. A Dupla Sertanojo – Santiago
346. Cavalos do amanhecer – Mario Arreguí
347. Biografia de Vincent van Gogh por sua cunhada – Jo van Gogh-Bonger
348. Radicci 3 – Iotti
349. Nada de novo no front – E. M. Remarque
350. A hora dos assassinos – Henry Miller
351. Flush - Memórias de um cão – Virginia Woolf
352. A guerra no Bom Fim – M. Scliar
353(1). O caso Saint-Fiacre – Simenon
354(2). Morte na alta sociedade – Simenon
355(3). O cão amarelo – Simenon
356(4). Maigret e o homem do banco – Simenon
357. As uvas e o vento – Pablo Neruda
358. On the road – Jack Kerouac
359. O coração amarelo – Pablo Neruda
360. Livro das perguntas – Pablo Neruda
361. Noite de Reis – William Shakespeare
362. Manual de Ecologia – vol.1 – J. Lutzenberger
363. O mais longo dos dias – Cornelius Ryan
364. Foi bom prá você? – Nani
365. Crepusculário – Pablo Neruda
366. A comédia dos erros – Shakespeare
367(5). A primeira investigação de Maigret – Simenon
368(6). As férias de Maigret – Simenon
369. Mate-me por favor (vol.1) – L. McNeil
370. Mate-me por favor (vol.2) – L. McNeil
371. Carta ao pai – Kafka
372. Os vagabundos iluminados – J. Kerouac
373(7). O enforcado – Simenon
374(8). A fúria de Maigret – Simenon
375. Vargas, uma biografia política – H. Silva
376. Poesia reunida (vol.1) – A. R. de Sant'Anna
377. Poesia reunida (vol.2) – A. R. de Sant'Anna
378. Alice no país do espelho – Lewis Carroll
379. Residência na Terra 1 – Pablo Neruda
380. Residência na Terra 2 – Pablo Neruda
381. Terceira Residência – Pablo Neruda
382. O delírio amoroso – Bocage
383. Futebol ao sol e à sombra – E. Galeano
384(9). O porto das brumas – Simenon
385(10). Maigret e seu morto – Simenon
386. Radicci 4 – Iotti
387. Boas maneiras & sucesso nos negócios – C Ribeiro
388. Uma história Farroupilha – M. Scliar
389. Na mesa ninguém envelhece – J. A. P. Mach
390. 200 receitas inéditas do Anonymus Gour – J. A. Pinheiro Machado
391. Guia prático do Português correto – vol. Cláudio Moreno
392. Breviário das terras do Brasil – Assis Br
393. Cantos Cerimoniais – Pablo Neruda
394. Jardim de Inverno – Pablo Neruda
395. Antonio e Cleópatra – William Shakespe
396. Tróia – Cláudio Moreno
397. Meu tio matou um cara – Jorge Furtado
398. O anatomista – Federico Andahazi
399. As viagens de Gulliver – Jonathan Swift
400. Dom Quixote - v.1 – Miguel de Cervan
401. Dom Quixote - v.2 – Miguel de Cervan
402. Sozinho no Pólo Norte – Thomaz Brande
403. Matadouro 5 – Kurt Vonnegut
404. Delta de Vênus – Anaïs Nin
405. O melhor de Hagar 2 – Dik Browne
406. É grave Doutor? – Nani
407. Orai pornô – Nani
408(11). Maigret em Nova York – Simenon
409(12). O assassino sem rosto – Simenon
410(13). O mistério das jóias roubadas – Sime
411. A irmãzinha – Raymond Chandler
412. Três contos – Gustave Flaubert
413. De ratos e homens – John Steinbeck
414. Lazarilho de Tormes – Anônimo do séc.
415. Triângulo das águas – Caio Fernando A
416. 100 receitas de carnes – Silvio Lancello
417. Histórias de robôs: vol.1 – org. Isaac Asi
418. Histórias de robôs: vol.2 – org. Isaac Asi
419. Histórias de robôs: vol.3 – org. Isaac Asi
420. O país dos centauros – Tabajara Ruas
421. A república de Anita – Tabajara Ruas
422. A carga dos lanceiros – Tabajara Ruas
423. Um amigo de Kafka – Isaac Singer
424. As alegres matronas de Windsor – Shakesp
425. Amor e exílio – Isaac Bashevis Singer
426. Use & abuse do seu signo – Marília Fiori Marylou Simonsen
427. Pigmaleão – Bernard Shaw
428. As fenícias – Eurípides
429. Everest – Thomaz Brandolin
430. A arte de furtar – Anônimo do séc. X
431. Billy Bud – Herman Melville
432. A rosa separada – Pablo Neruda
433. Elegia – Pablo Neruda
434. A garota de Cassidy – David Goodis
435. Como fazer a guerra: máximas de Napo – Balzac

6. Poemas escolhidos – Emily Dickinson
7. Gracias por el fuego – Mario Benedetti
8. O sofá – Crébillon Fils
9. O "Martín Fierro" – Jorge Luis Borges
0. Trabalhos de amor perdidos – W. Shakespeare
1. O melhor de Hagar 3 – Dik Browne
2. Os Maias (volume1) – Eça de Queiroz
3. Os Maias (volume2) – Eça de Queiroz
4. Anti-Justine – Restif de La Bretonne
5. Juventude – Joseph Conrad
6. Contos – Eça de Queiroz
7. Janela para a morte – Raymond Chandler
8. Um amor de Swann – Marcel Proust
9. À paz perpétua – Immanuel Kant
0. A conquista do México – Hernan Cortez
1. Defeitos escolhidos e 2000 – Pablo Neruda
2. O casamento do céu e do inferno – William Blake
3. A primeira viagem ao redor do mundo – Antonio Pigafetta
4(14). Uma sombra na janela – Simenon
5(15). A noite da encruzilhada – Simenon
6(16). A velha senhora – Simenon
7. Sartre – Annie Cohen-Solal
8. Discurso do método – René Descartes
9. Garfield em grande forma – Jim Davis
0. Garfield está de dieta – Jim Davis
1. O livro das feras – Patricia Highsmith
2. Viajante solitário – Jack Kerouac
3. Auto da barca do inferno – Gil Vicente
4. O livro vermelho dos pensamentos de Millôr – Millôr Fernandes
5. O livro dos abraços – Eduardo Galeano
6. Voltaremos! – José Antonio Pinheiro Machado
7. Rango – Edgar Vasques
8(8). Dieta mediterrânea – Dr. Fernando Lucchese e José Antonio Pinheiro Machado
9. Radicci 5 – Iotti
0. Pequenos pássaros – Anaïs Nin
1. Guia prático do Português correto – vol.3 – Cláudio Moreno
2. Atire no pianista – David Goodis
3. Antologia Poética – García Lorca
4. Alexandre e César – Plutarco
5. Uma espiã na casa do amor – Anaïs Nin
6. A gorda do Tiki Bar – Dalton Trevisan
7. Garfield um gato de peso – Jim Davis
8. Canibais – David Coimbra
9. A arte de escrever – Arthur Schopenhauer
0. Pinóquio – Carlo Collodi
1. Misto-quente – Charles Bukowski
2. A lua na sarjeta – David Goodis
3. O melhor do Recruta Zero (1) – Mort Walker
4. Aline 2 – Adão Iturrusgarai
5. Sermões do Padre Antonio Vieira
6. Garfield numa boa – Jim Davis
7. Mensagem – Fernando Pessoa
8. Vendeta seguido de A paz conjugal – Balzac
9. Poemas de Alberto Caeiro – Fernando Pessoa
0. Ferragus – Honoré de Balzac
1. A duquesa de Langeais – Honoré de Balzac
2. A menina dos olhos de ouro – Honoré de Balzac
3. O lírio do vale – Honoré de Balzac

494(17). A barcaça da morte – Simenon
495(18). As testemunhas rebeldes – Simenon
496(19). Um engano de Maigret – Simenon
497(1). A noite das bruxas – Agatha Christie
498(2). Um passe de mágica – Agatha Christie
499(3). Nêmesis – Agatha Christie
500. Esboço para uma teoria das emoções – Sartre
501. Renda básica de cidadania – Eduardo Suplicy
502(1). Pilulas para viver melhor – Dr. Lucchese
503(2). Pilulas para prolongar a juventude – Dr. Lucchese
504(3). Desembarcando o Diabetes – Dr. Lucchese
505(4). Desembarcando o Sedentarismo – Dr. Fernando Lucchese e Cláudio Castro
506(5). Desembarcando a Hipertensão – Dr. Lucchese
507(6). Desembarcando o Colesterol – Dr. Fernando Lucchese e Fernanda Lucchese
508. Estudos de mulher – Balzac
509. O terceiro tira – Flann O'Brien
510. 100 receitas de aves e ovos – J. A. P. Machado
511. Garfield em toneladas de diversão – Jim Davis
512. Trem-bala – Martha Medeiros
513. Os cães ladram – Truman Capote
514. O Kama Sutra de Vatsyayana
515. O crime do Padre Amaro – Eça de Queiroz
516. Odes de Ricardo Reis – Fernando Pessoa
517. O inverno da nossa desesperança – Steinbeck
518. Piratas do Tietê (1) – Laerte
519. Rê Bordosa: do começo ao fim – Angeli
520. O Harlem é escuro – Chester Himes
521. Café-da-manhã dos campeões – Kurt Vonnegut
522. Eugénie Grandet – Balzac
523. O último magnata – F. Scott Fitzgerald
524. Carol – Patricia Highsmith
525. 100 receitas de patisserie – Silvio Lancellotti
526. O fator humano – Graham Greene
527. Tristessa – Jack Kerouac
528. O diamante do tamanho do Ritz – S. Fitzgerald
529. As melhores histórias de Sherlock Holmes – Arthur Conan Doyle
530. Cartas a um jovem poeta – Rilke
531(20). Memórias de Maigret – Simenon
532(4). O misterioso sr. Quin – Agatha Christie
533. Os analectos – Confúcio
534(21). Maigret e os homens de bem – Simenon
535(22). O medo de Maigret – Simenon
536. Ascensão e queda de César Birotteau – Balzac
537. Sexta-feira negra – David Goodis
538. Ora bolas – O humor cotidiano de Mario Quintana – Juarez Fonseca
539. Longe daqui aqui mesmo – Antonio Bivar
540(5). É fácil matar – Agatha Christie
541. O pai Goriot – Balzac
542. Brasil, um país do futuro – Stefan Zweig
543. O processo – Kafka
544. O melhor de Hagar 4 – Dik Browne
545(6). Por que não pediram a Evans? – Agatha Christie
546. Fanny Hill – John Cleland
547. O gato por dentro – William S. Burroughs
548. Sobre a brevidade da vida – Sêneca
549. Geraldão (1) – Glauco
550. Piratas do Tietê (2) – Laerte

551. Pagando o pato – Ciça
552. Garfield de bom humor – Jim Davis
553. Conhece o Mário? – Santiago
554. Radicci 6 – Iotti
555. Os subterrâneos – Jack Kerouac
556. (1) Balzac – François Taillandier
557. (2) Modigliani – Christian Parisot
558. (3). Kafka – Gérard-Georges Lemaire
559. (4). Júlio César – Joël Schmidt
560. Receitas da família – J. A. Pinheiro Machado
561. Boas maneiras à mesa – Celia Ribeiro
562. (9). Filhos sadios, pais felizes – R. Pagnoncelli
563. (10). Fatos & mitos – Dr. Fernando Lucchese
564. Ménage à trois – Paula Taitelbaum
565. Mulheres! – David Coimbra
566. Poemas de Álvaro de Campos – Fernando Pessoa
567. Medo e outras histórias – Stefan Zweig
568. Snoopy e sua turma (1) – Schulz
569. Piadas para sempre (1) – Visconde da Casa Verde
570. O alvo móvel – Ross Macdonald
571. O melhor do Recruta Zero (2) – Mort Walker
572. Um sonho americano – Norman Mailer
573. Os broncos também amam – Angeli
574. Crônica de um amor louco – Bukowski
575. (5). Freud – René Major et Chantal Talagrand
576. (6). Picasso – Gilles Plazy
577. (7). Gandhi – Christine Jordis
578. A tumba – H. P. Lovecraft
579. O príncipe e o mendigo – Mark Twain
580. Garfield, um charme de gato – Jim Davis
581. Ilusões perdidas – Balzac
582. Esplendores e misérias das cortesãs – Balzac
583. Walter Ego – Angeli
584. Striptiras (1) – Laerte
585. Fagundes: um puxa-saco de mão cheia – Laerte
586. Depois do último trem – Josué Guimarães
587. Ricardo III – Shakespeare
588. Dona Anja – Josué Guimarães
589. 24 horas na vida de uma mulher – Stefan Zweig
590. O terceiro homem – Graham Greene
591. Mulher no escuro – Dashiell Hammett
592. No que acredito – Bertrand Russell
593. Odisséia (2): Telemaquia – Homero
594. O cavalo cego – Josué Guimarães
595. Henrique V – Shakespeare
596. Fabulário geral do diário cotidiano – Bukowski
597. Tiros na noite 1: A mulher do bandido – Dashiell Hammett
598. Snoopy em Feliz Dia dos Namorados (2) – Schulz
599. Mas não se matam cavalos? – Horace McCoy
600. Crime e castigo – Dostoiévski
601. (7). Mistério no Caribe – Agatha Christie
602. Odisséia (2): Regresso – Homero
603. Piadas para sempre (2) – Visconde da Casa Verde
604. À sombra do vulcão – Malcolm Lowry
605. (8). Kerouac – Yves Buin
606. E agora são cinzas – Angeli
607. As mil e uma noites – Paulo Caruso
608. Um assassino entre nós – Ruth Rendell
609. Crack-up – F. Scott Fitzgerald
610. Do amor – Stendhal
611. Cartas do Yage – William Burroughs e Allen Ginsberg
612. Striptiras (2) – Laerte
613. Henry & June – Anaïs Nin
614. A piscina mortal – Ross Macdonald
615. Geraldão (2) – Glauco
616. Tempo de delicadeza – A. R. de Sant'Ann
617. Tiros na noite 2: Medo de tiro – Dash Hammett
618. Snoopy em Assim é a vida, Charlie Brown! – Schulz
619. 1954 – Um tiro no coração – Hélio Silva
620. Sobre a inspiração poética (Íon) e ... – Pla
621. Garfield e seus amigos – Jim Davis
622. Odisséia (3): Ítaca – Homero
623. A louca matança – Chester Himes
624. Factótum – Charles Bukowski
625. Guerra e Paz: volume 1 – Tolstói
626. Guerra e Paz: volume 2 – Tolstói
627. Guerra e Paz: volume 3 – Tolstói
628. Guerra e Paz: volume 4 – Tolstói
629. (9). Shakespeare – Claude Mourthé
630. Bem está o que bem acaba – Shakespeare
631. O contrato social – Rousseau
632. Geração Beat – Jack Kerouac
633. Snoopy: É Natal! (4) – Charles Schulz
634. (8). Testemunha da acusação – Agatha Chri
635. Um elefante no caos – Millôr Fernandes
636. Guia de leitura (100 autores que você pre ler) – Organização de Léa Masina
637. Pistoleiros também mandam flores – Da Coimbra
638. O prazer das palavras – vol. 1 – Cláudio Mo
639. O prazer das palavras – vol. 2 – Cláudio Mo
640. Novíssimo testamento: com Deus e o diab dupla da criação – Iotti
641. Literatura Brasileira: modos de usar – l Augusto Fischer
642. Dicionário de Porto-Alegrês – Luís A. Fisc
643. Clô Dias & Noites – Sérgio Jockymann
644. Memorial de Isla Negra – Pablo Neruda
645. Um homem extraordinário e outras histó – Tchekhov
646. Ana sem terra – Alcy Cheuiche
647. Adultérios – Woody Allen
648. Playback – Raymond Chandler
649. Nosso homem em Havana – Graham Gre
650. Dicionário Caldas Aulete de Bolso
651. Snoopy: Posso fazer uma pergunta, pr sora? (5) – Charles Schulz
652. (10). Luis XVI – Bernard Vincent
653. O mercador de Veneza – Shakespeare
654. Cancioneiro – Fernando Pessoa
655. Non-Stop – Martha Medeiros
656. Carpinteiros, levantem bem alto a cumeeir Seymour, uma apresentação – J.D.Saling
657. Ensáios céticos – Bertrand Russell
658. Melhor de Hagar 5 – Dik Browne
659. Primeiro amor – Ivan Turguêniev
660. A trégua – Mario Benedetti
661. Um parque de diversões da cabeça – Lawrence Ferlinghetti
662. Aprendendo a viver – Sêneca
663. Garfield 9 – Jim Davis